코펜하겐에서 베를린까지

윤정화 에세이

코펜하겐에서
베를린까지

From Copenhagen to Berlin

책만드는집

사진 속 아기 정화에게

정화야, 너의 돌날 너는 상에 놓인 다른 물건들에는 전혀 눈길도 주지 않고 오직 연필 한 자루만 집었다지? 무슨 생각으로 그랬을까?

지금까지 난 네 그 행동에 특별한 의미를 부여하지 않았어. 그런데 최근에 의문을 갖기 시작했어. 하루 종일 오직 연필만 쥐고 있는 네 돌 사진들을 보는 동안 이런 생각이 들었지. 혹시 이 아기가 무언가를 쓰고 싶었던 것은 아니었을까? 아니면 언젠가는 쓰겠다는 의지를 나타낸 것은 아니었을까? 그것도 아니라면 언젠가는 써보라는 권유를 받거나 또는 쓰게 될 것이라는 예시일 수도 있지 않을까?

그래서 비록 글재주는 없지만 더 늦기 전에, 아직 내 머릿속에 기억들이 남아 있을 때, 너의 조그만 손으로 꼭 쥐고 있는 그 연필을 깎아서 내가 가장 활발하게 살았던 젊은 날의 시간들을 한번 써보기로 했어. 그 당시 너로서는 상상할 수도 없었던 외국 생활 이야기를.

그러니까 이제 기뻐하렴. 안녕.

71세 정화가

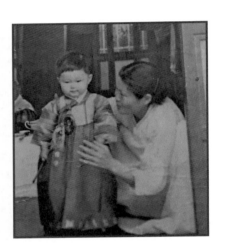

차례

코펜하겐

코펜하겐으로 가는 비행기의 승무원은 내게 아기가 보채는 소리 때문에 승객들이 잠을 잘 수 없다며 화장실 복도로 나와서 아기를 달래주라고 했다. 이제 겨우 5개월 된 석이를 안고 홀로 화장실 앞 복도에서 서성이고 있자니 눈물이 날 것 같았다. 몇 시간 전에 헤어진 부모님이 간절하게 보고 싶었다.

자꾸 드나들면 옆자리 승객에게 불편함을 줄 것 같아 난 아예 화장실 앞 복도를 떠나지 않았다. 어떻게 그 긴 시간을 견디었는지.

계속 보채기만 하는 석이를 가슴에 꼭 안고 처음으로

낯선 곳에 도착한 나는 혹시라도 밖으로 나가는 길을 잃을까 겁에 잔뜩 질려서 다른 승객들을 따라 도착장으로 허겁지겁 나왔다. 멀리서 남편이 보세구역 안으로 바삐 들어오는 것이 보였다. 그 순간 나는 '이제 살았구나' 하는 생각과 함께 다리의 힘이 모두 풀려 더 이상 걸을 수가 없었다.

집으로 가는 길은 방금 전 비행기를 탔을 때와는 전혀 달랐다. 마침 12월이라서 코펜하겐의 거리는 동화 속의 풍경 같았다. 새하얀 눈과 반짝이는 크리스마스 장식들, 온갖 예쁘고 귀여운 물건들로 꾸며놓은 작은 가게들의 모습은 외국 영화에서나 보았던, 그리고 책을 읽으며 내가 그려봤던 북유럽의 풍경이었다.

"내가 상상하고 꿈꿔왔던 바로 그 모습이네."

"그래?"

남편이 뒷자리에 앉은 나를 돌아보며 미소를 지었다.

∞

우리 집은 스튜디오식으로 된 방 한 개짜리 작은 아파트였는데 깔끔하고 간결한 북유럽 특유의 느낌이 들어서 아주 만족스러웠다.

드디어 우리 가족의 첫 해외 생활이 그리고 외교관으로서의 긴 여정이 이 작은 집에서 시작될 참이었다.

∞

오늘도 오후 3시 30분경부터 밖은 깜깜했다. 서울 같으면 한창 활동할 시간인데. 너무도 짧은 낮과 기나긴 어두움 속에서 내 몸의 신진대사가 제대로 이루어지지 않는 것 같고 뭔가 답답했다. 처음 코펜하겐에 도착한 후 한 달 정도는 모든 것이 신기하고 호기심에 들떠 있었지만 서울과는 많이 다른 환경에서 석이가 자꾸 기침을 하고 소화도 잘 못해 나는 초보 엄마로서 너무도 두렵고 힘이 들었다.

어느 날 밤중에 석이가 열이 높아서 의사가 왕진을 왔다. 한밤중인데도 왕진을 와주는 게 신기하고 정말 고마웠다. 의사는 진찰한 뒤 그냥 옷을 벗겨 놔두라며 옷었다. 아이는 목이 쉴 정도로 울어대는데 별다른 처방을 하지 않는 것이 처음엔 이상하고 답답하기도 했지만 약을 남용하지 않는 것이 아이의 건강에는 좋겠다는 생각이 들었다. 시종일관 친절하고 부드럽게 대해준 의사와 간호사에게 정말 고마웠다.

∞

석이를 유모차에 태워 산책을 하고 들어오다가 옆집에 살고 있는 스미스 부인을 만났다. 그녀는 독신으로 친절하고 따뜻한 인상이었다. 자기 집에 들어가서 차를 마시자고 하여 잠시 머뭇거렸더니 현관문을 활짝 열며 들어오라고 미소를 짓는 바람에 못 이기는 척 따라 들어갔다. 50대인 그녀의 집은 우리 집과는 완전히 다르게 고전적으로 꾸며져 있었다. 나는 부드럽고 따뜻한 그녀와 마주 앉아 이야기를 주고받다가 최근에 내가 느끼는 감정을 자연스럽게 털어놓았다. 그렇게 한 시간쯤 지나고 나서 나는 들어갈 때보다 훨씬 가벼워진 마음으로 스미스 부인의 집을 나왔다.

∞

　코펜하겐은 작은 도시이고 높은 산도 없지만 해안가로 가면 맑고 깨끗한 북유럽의 기후를 실감 나게 느낄 수가 있었다. 똑같은 하늘색이지만 더욱 청명하게 보이는 하늘, 뭔가 좀 더 상쾌하고 기분 좋게 느껴지는 공기, 다소 무뚝뚝해 보이지만 순하고 인간적인 사람들, 아름다운 피부와 머리 색을 가진 아이들. 우리는 스미스 부인이 권유한 대로 주말이면 석이를 유모차에 태우고 해안가로, 시내로 열심히 돌아다녔다. 이런 생활이 계속되는 가운데 나는 이 아기자기하고 소박하고 동화 속의 도시 같은 코펜하겐이 점점 좋아질 것 같은 예감이 들었다.

∞

　대사 관저에 만찬이 있는 날, 처음으로 관저의 부엌에 직원 부인들이 모였다. 나는 주로 설거지만 했다. 어떻게 내가 감히 만찬 요리에 손을 델 수가 있겠는가. 물론 시키지도 않으셨고. 직원 부인들께서는 마치 일반 가정집의 잔칫날에 모인 며느리들처럼 화기애애한 분위기로 능숙하게 음식을 준비했고 나는 그 속에서 훈훈함을 느꼈다.

음식이 다 준비되어 손님들이 오시기 전에 구경하려고 식당으로 올라가 보았다. 서양의 대저택에서나 볼 수 있을 것 같은 우아하고 세련된 테이블 세팅에 난 할 말을 잃었다. 그리고 겁이 덜컥 났다. 내가 앞으로 어떻게 이런 상차림을 하고 외국인들에게 한식을 대접한단 말인가. 한식 재료를 구하기도 힘든 외국에서 음식의 맛은 기본이고, 식욕을 돋우며 기분 좋고 분위기 좋게 할 식탁을 꾸밀 자신이 없었다.

시간이 흐르면서 알게 되었지만 식사 초대 문화, 즉 대사 관저의 오찬과 만찬 리셉션 등은 외교관이라는 자리에서 엄청나게 중요한 비중을 차지하는 것이었다. 사람들을 고루고루 만나 서로 알고 알리고 하는 이 직업에서 다양한 사람들과 밥을 같이 먹고 사귀는 것은 거의 업무의 연장이라고 해도 과언이 아니었다.

처음으로 관저 만찬을 경험하고 석이를 잠시 맡겼던 집에서 데려오면서 나는 아기를 꼭 안았다. 포근하고 따뜻한 기운이 우울한 나를 위로하는 듯 느껴졌다.

∞

눈이 예쁘게 내린 날 오후, 나는 석이를 유모차에 태우고 동네 산책을 나갔다. 날씨도 그리 춥지 않아서 기분 좋게 산책을 하고 슈퍼에도 들렀다.

집에 돌아와서 아기를 재우고 쓰레기를 버리려고 지하로 내려가다가 신발에 묻은 눈이 남아 있었는지 20여 개의 계단을 미끄럼 타듯이 내려가 맨 밑바닥에 털썩 주저앉아 버렸다. 너무도 순식간에 일어난 일이어서 정신이 아찔했다. 가속이 붙은 탓에 통증이 무척 심해서 도저히 움직일 수가 없었다. 시간이 조금 지나 마침 내려온 이웃의 도움을 받아 엉금엉금 기듯이 겨우 집으로 돌아왔다. 다행히 석이는 아직 자고 있었지만 나는 꼼짝도 못 하고 엎드려 있었다. 남편이 퇴근하여, 연수차 코펜하겐에 오신 서울의 한 종합병원 정형외과 의사 선생님

께 연락을 했다. 그는 엉덩방아 찧은 것은 시간이 해결
해 줄 수밖에 없다며 집에서 할 수 있는 간단한 응급처
치를 알려주고는 다음 날 병원에 가보라고 하였다.

의자에 앉지도 못하고 거의 엎드려 있거나 엉금엉금
기어다니다가 제대로 생활하기까지 꽤 오랜 시간이 걸
렸다. 그러는 동안 직원 부인들께서 음식도 만들어서 가
져다주시고 가끔씩 오셔서 석이도 돌보아 주셨다.

나는 원래 혼자 있는 것을 좋아했었는데 이런 일을 겪
으면서 외로운 해외 생활에서 사람들과 어울리며 살아
가는 것이 얼마나 소중한 일인지 절실히 깨닫게 되었다.

∞

단조롭지만 평화로운 시간이 흐르고 있었다. 이제는
이곳 생활에 많이 익숙해졌고 해외 생활이란 것에 대해
나름대로의 감이 잡혀가고 있었다. 주말이면 해안가를
드라이브하다가 바위 위에 얌전히 앉아 있는 인어상을
만나고, 눈이 많이 쌓인 숲속에서 활기차게 크로스컨트
리를 즐기는 사람들을 보면 그들의 건강함이 나에게도

전해지는 듯 에너지와 활력이 생기는 것 같았다. 그러다가 마치 스머프의 집처럼 눈으로 지붕이 소복이 덮이고 작고 예쁜 창에서 불빛이 반짝이는 크로■음료와 간단한 식사를 할 수 있는 곳가 보이면 우리는 따뜻한 실내로 들어가 차를 마시며 이야기를 나누는 소박한 즐거움을 누렸다.

∞

석이는 7개월 때부터 일어나려고 하더니 걸음마도 시도하는 등 성장의 속도가 빨랐다. 낙농업 국가인 덴마크의 우유 덕인 듯. 어느 날 혼자 장난감을 가지고 놀다가 "길고 길고" 하며 수시로 중얼거리기 시작하더니 자기 스스로를 '길고'라고 불러서 그 이후로는 모두가 자연스럽게 석이가 아닌 "길고야"라고 부르게 되었다. 길고는 대사관 가족 중에서 가장 어린 아기로서 많은 귀여움을 받았다.

∞

길고의 돌날이 되었다. 어머님께서 아기 한복을 보내주셨고 대사관 직원인 소렌슨 부인이 예쁘고 맛있어 보이는 블루베리 케이크와 자신이 손수 뜨개질한 하얀 아기 스웨터를 선물했다. 직원 부인들도 오셔서 음식을 나누고 축하해 주셔서 뜻밖에 풍성한 돌잔치를 할 수 있었다. 나는 또 한 번 사람들 사이의 정이 얼마나 귀한지 절실히 느꼈다.

∞

이제는 어두운 낮, 밝은 밤에 적응되었고 사람들도 꽤 사귀어 코펜하겐에 슬슬 정이 들어가고 있었다. 잊었던 동심을 되살아나게 하고, 인간이 인간답게 산다는 것이 어떤 것인지 깨달아 가게 하고, 잠재해 있던 상상력을 끌어내는 나라 덴마크. 덴마크의 딱딱하고 까만 빵, 오픈 샌드위치, 싱싱한 해산물, 신선한 유제품과 맛있는 돼지고기 요리 등에 익숙해져서 즐겁게 지내던 중 입덧이 찾아왔다. 물도 못 마시고 누워만 있는 지경이라 석이를 돌보는 것도 힘이 들었다. 결국 석이와 태어날 아기까지 둘을 혼자서 감당하기 어렵다고 남편이 판단을 내려 출산을 위해 귀국했다. 그리고 몇 달 후, 코펜하겐으로 돌아갈 준비를 하던 중 아프리카로 발령이 났다는 소식을 들었다.

∞

모리타니라는 나라로 발령이 나자 남편은 정보를 얻기 위해 덴마크 외무부에 문의하는 등 여기저기 알아보았지만 살기에 무척 힘든 곳이라는 것 이외엔 자세한 생활 정보를 얻을 수가 없었다. 고심 끝에 남편과 나는 갓 태어난 아기를 데리고 가기에는 위험하다는 결론을 내렸다. 시부모님께서도 아프리카에 흔히 있다는 풍토병을 염려하셔서 결국 둘째 주야는 시댁에서 맡아서 키워주시기로 했다. 참으로 발걸음이 안 떨어졌지만 남편 혼자 험지에 살게 할 수도 없어서 나는 석이만 데리고 누악쇼트로 떠나기로 결정했다.

안녕, 코펜하겐! 주야가 크면 꼭 함께 다시 찾아갈게.

누악쇼트

비행기가 곧 착륙한다는 방송이 나오자 나는 걱정이
되었다. 아빠가 공항에 나와서 우리를 기다리고 있을 거
라고 잔뜩 기대하고 있는 석이 때문이었다. 오직 아빠를
만난다는 기대감으로 서울에서 파리까지 그 지루하고
답답한 시간을 참아가며 온 석이인데, 빨리 아빠에게 가
자고 내 손을 잡아끌며 앞서가는 석이가 크게 실망할 텐
데 어쩌면 좋단 말인가.

　저 멀리서 어떤 남자가 우리에게 손을 들어 보이며 알
은체를 했고 나는 고개를 약간 숙여 인사했다. 주프랑스
한국 대사관에서 근무하고 계시던 박 서기관님이었다.

남편이 모리타니에서 파리까지 올 수가 없어서 남편과 친분이 있는 박 서기관님께서 우리를 마중 나오신 것이었다. 석이는 나를 힐끗 쳐다보더니 미처 제지할 겨를도 없이 내 손을 뿌리치고는 박 서기관님을 향해 돌진했다. 그리고 그 앞에 멈춰 서서 그분을 올려다보았다. 박 서기관님은 아이를 맞으려고 양팔을 벌리며 몸을 굽혔다. 두 사람 사이에 잠시 정적이 있은 후 갑자기 석이는 땅바닥에 주저앉아 울어대기 시작했다.

"아빠 아이야, 아빠 아이야."

그분이 아이를 달래려고 애쓸수록 석이는 창피할 정도로 고래고래 소리를 지르며 울어댔다.

나는 그분으로부터 너무도 당혹스러운 소식을 들은 후 어쩔 수 없이 어려운 결정을 하고 나서 우는 석이를 가까스로 달래어 공항을 빠져나왔다.

오후 3시에 모리타니로 떠나는 비행기를 탈 예정이었는데 모리타니의 모래바람이 심해서 운항이 취소되었다는 말을 듣고 나도 석이처럼 주저앉아 울고 싶었다. 일주일에 한 편밖에 없는 파리발 모리타니행은 모래바람이 불면 또 스케줄이 취소된다니 이 아이를 데리고 낯선 도시에서 도대체 어쩌면 좋단 말인가. 그분도 난처해하더니 석이 같은 아들을 둔 아빠이기에 결국 배려를 해주셨다. 일단 그 댁에 가서 다시 비행기 스케줄을 지켜보자는 것이었다.

나는 고맙긴 하지만 도저히 그 제안을 받아들일 수가 없었다. 당시 대사관 직원들의 해외 생활이 얼마나 힘든지 나도 첫 임지인 덴마크에서 이미 겪은 터이기에 폐를 끼치고 싶지 않았다. 나는 다른 나라를 경유해서라도 오늘 꼭 떠나겠다고 확고하게 말했다. 그리하여 결국 그 댁에서 점심을 먹고 오후에 세네갈행 비행기를 타기로 결정했다.

무겁고 죄인 같은 마음으로 그 댁에서 점심을 먹은 후 석이를 데리고 세네갈행 비행기에 올랐다. 탑승하자마자 파리행 비행기와는 전혀 다른 분위기, 나는 태어나서 처음으로 아프리카 대륙에 간다는 느낌을 확실하게 받았다.

석이는 지쳤는지 계속 잠을 잤지만 나는 잠은 안 오고 피곤함이 쌓여갔다. 몇 시간 후, 생전 처음 아프리카 대륙에 첫발을 디딘 나는 내 얼굴에 와 닿는 습기 많은 공기가 사뭇 낯설게 느껴졌다.

아주 작은 공항 건물로 들어가는 입구에서 우리는 입국 저지를 당했다. 황열병 예방접종이 되어 있지 않다는 이유에서였다. 그도 그럴 것이, 워낙 세네갈에 갈 계획은 전혀 없었으니.

얼마쯤 지나 한국 대사관 양 영사님이 오셔서 한참 설명한 뒤 우리는 그날 하루를 공항 내 작은 숙소에서 자고 24시간 내에 세네갈을 떠나도록 허락을 받았다.

모리타니로 가는 길이 왜 이다지도 험난한 것일까.

우리 모자는 에어컨도 냉장고도 없이 작고 낡은 침대 하나와 조그만 화장실이 딸린 방에서 하룻밤을 지내게 되었다. 오로지 두 살짜리 아들을 의지하고 생전 처음 간 세네갈의 이상한 방에 누워 있으려니 눈물도 안 나올 정도로 기가 막혔다. 자꾸 부모님 생각만 떠올랐다.

새벽 4시쯤 되었을까. 석이가 배가 아프다고 울먹이며

나를 흔들어 깨웠다. 세네갈로 오는 기내에서 우유병에 우유를 넣어가지고 왔는데 냉장고가 없어서 창가에 두었던 것을 석이가 먹은 것 같았다. 불을 켜고 아이를 본 순간 나는 깜짝 놀랐다. 그 작은 얼굴이 모기에 스무 군데도 넘게 물려서 벌겋게 부어올라 있었다. 석이는 가렵다고 짜증을 내며 땀과 눈물로 범벅이 되어 새벽 내내 괴로워했다.

아침 일찍 영사님이 오셔서 공항 관리에게 석이의 얼굴을 보여주고 인삼차 한 상자를 선물하며 잘 설득한 뒤, 우리를 영사님 댁으로 데리고 갔다. 부인께서 석이의 얼굴에 연고도 발라주시고 아침 식사도 차려주셨다. 나는 지금도 그 고마움을 잊지 못한다.

얼굴이 벌겋게 부은 석이를 데리고 나는 모리타니의 수도인 누악쇼트로 가는 소형 프로펠러 비행기를 탔다. 아이를 안고 몸을 굽혀 겨우 남은 한 자리에 앉았다. 석이를 꼭 안고 달래며 창밖을 내다본 나는 마음이 착잡했다. 여기가 지도에서 보았던 사하라사막이라니. 내가 프로펠러 비행기를 타고 두 살짜리 아들과 함께 사하라사막 위를 날게 될 줄이야……

석이는 온통 땀범벅이 되어 엄지손가락을 빨며 자꾸만 짜증을 냈다. 얼굴이 가려운 탓인지 더 이상 아빠도 찾지 않았다. 다 귀찮다는 듯한 표정이었다. 그런 석이를 바라보고 있으려니 가슴이 아팠다. 이 어린것이 얼마나 충격을 받고 있는지 엄마인 내가 어떻게 모르겠는가.

비행기 안은 너무도 더웠고, 시끄러웠고, 답답했다.

문득 창밖을 내다보던 나는 깜짝 놀랐다. 몇 사람이 들것에 누인 시체를 사막에서 화장하고 있었다. 갑자기 마음 깊은 곳에서 묘한 감정이 솟구쳐 올라오는 것을 느꼈다. 생후 6개월 된 핏덩이는 서울에 놔두고, 두 살짜리 큰애는 이 먼 곳까지 데리고 와서 얼굴을 엉망으로 만들어가며 고생을 시키고 있으니 이 모든 것이 다 남편 때문인 것 같아 순간 남편이 너무도 밉고 원망스러웠다. 게다가 나도 내 20대 후반을 이 사막에서 2년이나 보내야 하고.

계속 보채는 석이를 마지막 남은 힘을 다해 부둥켜안고 발을 질질 끌며 공항 건물을 향해 힘겹게 걸어갔다. 그때 저 멀리 강렬한 사막의 태양이 반사되어 반짝이는 낯익은 금테 안경이 보였다. 남편이 두 팔을 높이 들고 양손을 흔들며 서 있었다. 축 늘어져 우는 석이를 겨우 겨우 달래며 쓰러질 듯 걸어오는 나를 보고 남편은 거의 울상이 되어 있었다.

그런데 여기서 또 입국 저지를 당했다. 황열병 예방접종도 하지 않고 세네갈에서 하루를 체류했다는 것이었다. 남편이 경위를 설명하고 나서야 우리 셋은 마침내 만나게 되었다.

∞

조그만 창문을 통해 마마두의 모자에 달린 방울과 그가 어깨에 얹은 바게트의 끝이 빠르게 움직이는 것이 보였다. 시계를 보니 영락없이 8시였다. 나는 부엌으로 들어가 아침 준비를 했다. 석이를 데리고 나와서 아침을 먹이고 유치원 갈 준비를 시켰다. 내가 어설프게 자른 머리에 이곳에서 산 옷과 샌들을 착용한 석이는 처음 올 때와는 다른 느낌으로 변해 있었다.

미국 대사관과 국제기구 직원들의 자녀들이 다니는 유치원에 석이가 다니게 된 것은 크나큰 행운이자 고마운 일이었다. 덕분에 석이는 친구들이 생겼고 나까지 더불어 그들의 엄마들과 사귀게 되었다.

그 무렵 석이는 집에 돌아오는 즉시 자기 방으로 들어가서 그날의 장난감을 선택하여 삼십 분 정도 혼자 한국말로 중얼거리며 놀곤 했다. 처음에는 눈치채지 못했는데 몇 달이 지나서야 그 일이 석이 나름대로 유치원에서 생긴 스트레스를 푸는 방법임을 알았다.

석이의 가장 친한 친구는 네덜란드에서 온 시몬이었다. 자연히 나도 시몬의 엄마인 벱과 친하게 되었고 시몬의 두 누나와도 가깝게 지냈다.

∞

나는 수시로 서울에 두고 온 주야가 보고 싶고 걱정이 되어서 항상 마음이 편치 않았다. 우리 집에는 전화도 없어서 소식을 주고받기도 아주 힘들었다.

누악쇼트의 낮 최고 기온은 섭씨 55도나 되어 유리창에 손을 대면 델 것처럼 뜨거웠다. 건조한 사막기후, 모래바람, 잦은 단수, 수도를 틀면 흐르는 붉은 물, 하루

열다섯 시간가량의 정전, TV도 물론 없고(TV 방송국이 없었다).

　나는 일상생활의 불편함으로 인해 우울증에 불면증까지 생겼다. 밤이면 어김없이 달라붙는 모기들로 인해 몇 번씩 불을 켜고 약을 뿌리고 하다 보니 석이까지도 잠을 제대로 못 자기 일쑤였다. 게다가 가끔씩 팔뚝만 한 이구아나가 찬장 속에 붙어 있거나 도마 뒤에서 튀어나와 기절할 듯이 놀라곤 했다. 입안은 늘 모래로 지금거리는 듯한 느낌이었고 하룻밤 자고 나면 모래바람으로 인해 어제와는 다른 새로운 모래언덕이 생기기도 했다. 전기가 끊긴 성냥갑 같은 집, 모래바람 때문에 창문이 작은 집, 깜깜하고 무더운 밤은 정말로 힘들었다. 매주 목요일에 파리에서 오는 비행기가 모래바람으로 인해 결항이 되면 신선식품들도 구할 수가 없었다. 나는 매일매일 불평만 늘어갔고 2인 공관에서 업무량이 과중했던 남편도 나로 인해 힘들어했다.

∞

나는 벱의 소개로 유치원 엄마들 외에 다른 사람들도 사귀게 되었다. 특히 마리 장스 부인을 알게 되어 일주일에 한 번 그녀의 집에서 열리는 요리 강습에도 나가기 시작했다. 점점 만나는 사람들의 폭이 넓어지면서 나는 새로운 점을 발견했다. 누구에게나 똑같이 어려운 생활 조건임에도 불구하고 불평하는 사람을 찾아볼 수가 없었다. 이런 특수한 상황을 '힘들다'가 아닌 '다르다'로 표현하며 그들 나름대로의 방식으로 즐겁게 살고 있었다. 다시 말해, 어려움을 극복하며 사는 것에 보람을 느끼는 가치관을 가지고 있었다. 그걸 깨닫고, 나는 불평과 불만을 늘어놓았던 나 자신이 한없이 부끄러웠다. 그 후로 나는 어느 누구에게도 힘들다거나 어렵다는 말을 하지 않았다. 남편에게조차도.

∞

아침에 디하라(대사관의 운전기사)가 세네갈에서 오는 사람 편에 오렌지가 도착했다며 한 상자를 가져다주었다. 부엌에서 점심 준비를 하고 거실로 나와보니 석이가 식탁에 올라앉아 온몸이 과즙으로 범벅이 된 채 오렌지를 먹는 황홀경에 취해 있었다. 그야말로 맛과 향기에 도취한 모습이었다. 나는 처음엔 막 웃었지만 순간 가여운 생각이 들었다. 얼마나 신선한 과일이 먹고 싶었으면……

∞

뱁이 우리를 미국 대사관 내에 있는 수영장에 데리고 갔다. 방과 후에 아이들이 너무 심심해하기 때문에 가끔씩 수영장에 모여서 시간을 보낸다고 했다. 친구들과 즐겁게 물놀이를 하고 있는 석이를 보니 내 마음도 시원하고 상쾌했다.

어느 엄마가 치즈볼 과자통을 석이에게 건네며 먹으라고 했는데 석이가 작은 손으로 받으려다가 그만 바닥에 엎고 말았다. 동그란 치즈볼이 사방으로 대굴대굴 굴러갔다. 석이는 순간 나를 쳐다보았고 나는 당황하여 안절부절못했다. 그러나 그곳에 있던 엄마들은 아무렇지 않다는 듯이 몇 개씩 집더니 먼지를 불어 아이의 입에도 넣어주고 자신들도 먹었다. 이렇게 간단하고 자연스럽게 일은 마무리되었다.

며칠 후, 우리 가족은 컨셉션 아저씨 집에 초대를 받았다. 필리핀에서 온 그는 여러 종류의 야채와 콩, 옥수수를 담은 접시에 구운 양고기 꼬치를 먹음직스럽게 내왔다. 그런데 내 접시 위의 양고기는 좀 많이 익은 탓인지 꼬치에서 빼내기가 어려웠다. 몇 번 시도하다가 그만 접시 위의 콩과 옥수수가 하얀 식탁보 위로 다 튀어 나가고 말았다. 어쩜 엄마와 아들이 이렇게 닮았는지…….

∞

덴마크에 있는 외교관 전용 면세점에서 아이들 간식 등을 주문할 수 있다고 뱁이 말해주었다. 그리고 웃으면서 어쩌면 가끔 빈 상자가 올 수도 있는데 그럴 때는 당황하지 말고 사진을 찍어서 면세점으로 보내면 곧 다시 보내준다고 했다. 나는 주문 카탈로그에서 석이가 조그만 손가락으로 콕콕 짚은 몇 가지를 주문했다.

소포는 한 달쯤 지나 마침내 도착했다. 우리는 마치 보물이라도 다루듯이 조심해서 포장을 뜯는데 뭔가 좀 이상한 느낌이 들었다. 아니나 다를까, 벱의 말대로 과자는 다 먹고 빈 통에 껍질만 수북이 들어 있었다. 석이는 울고 나는 웃다가 벱의 말이 떠올라 얼른 사진을 찍었다.

그 이후로도 그런 일은 몇 차례 반복되었지만 석이는 먹고 싶은 것들을 종종 주문해 먹을 수 있었다.

∞

우리 집에는 '다로'라는 강아지가 있었다. 남편과 잘 아는 나카무라라는 일본인이 갑자기 일본에 출장을 가게 되어 얼마간 우리에게 맡겼다. 다로는 아주 영리한 강아지였는데 나카무라 씨가 배를 타고 다니면서 바닷가재만 먹인 통에 웬만한 음식은 거들떠보지도 않았고 상당히 건방지고 교만했다. 다로는 남편만 좋아하고 나와 석이는 무시했다. 남편이 출근하고 나면 다로는 우리와는 놀기 싫다고 노골적으로 티를 내듯이 자기의 아지

트인 탁자 밑으로 들어가 버렸다.

어느 날 내가 부엌에서 일하고 있는데 갑자기 "앙, 앙" 하는 날카로운 강아지 소리가 들리는 동시에 석이의 울음소리가 터져 나왔다. 나는 미친 듯이 거실로 뛰어가 탁자 밑으로 몸이 반 이상 들어가 있는 석이를 잡아끌어냈다. 우리를 피해 탁자 밑에 숨어 있던 다로에게 놀자고 기어 들어간 석이를 다로가 문 것이다.

우는 아이를 일으켜 세우고 얼굴을 살펴보니 피가 맺힌 여덟 개의 상처가 있는데 가장 위험해 보이는 곳은 눈 바로 밑이었다. 나는 정신이 반쯤 나간 여자처럼 아이를 안고 평소 우리와 가깝게 지내는 이웃집으로 달려가 사정없이 문을 두드렸다. 석이를 보고 놀란 앙드류에 아저씨는 우리를 자기 차에 태워 병원으로 데려갔고 곧이어 남편도 연락을 받고 왔다.

그 병원에는 군 복무로 프랑스에서 온 의사가 두 명 있었으나 휴가차 본국에 가고 없었다. 다행히 현지인 의사가 한 명 있어서 상처를 소독하고 약을 발라주었다. 문제는 다로가 광견병 예방접종이 되어 있느냐라고 했다. 나카무라 씨가 돌아오려면 아직도 몇 달은 걸릴 텐데…….

의사는 모래가 상처에 닿지 않도록 계속해서 부채질을 해주라고 말했다.

집에 돌아오니 다로가 뛰어나와 꼬리를 흔들며 남편을 반겼지만 그날 처음으로 남편은 다로를 외면하고 방문을 닫아버렸다.

불안한 마음에 숨도 제대로 쉬지 못하는 며칠이 지났다. 수소문 끝에 정말 다행스럽게도 다로는 광견병 예방접종이 되어 있다는 연락을 받았다. 그리고 몇 개월 후 다로는 나카무라 씨에게로 돌아갔다.

만일 다로가 예방접종이 안 되어 있었다면, 행여라도 석이의 눈을 물었다면 어쩔 뻔했나? 정말 상상하기조차도 싫은 끔찍한 일이었다.

∞

이제 석이는 친구 집에도 초대받고 친구들이 우리 집

에도 놀러 오게 되었다. 친구 관계가 많이 넓어지고 다양해진 것 같아 안심이 되었다.

어느 날 친구 집에서 늦게까지 놀다가 땀범벅이 되어 돌아온 석이를 씻긴 후 수건을 집으려고 잠깐 뒤돌아섰는데 어느새 욕조 위로 올라온 석이가 "엄마" 하며 매달렸다. 나는 미끄러운 목욕탕에서 아이를 보호하려는 일념에 얼른 팔을 벌려 한 손으로는 아이의 머리를 받치며 안았는데 그만 발이 미끄러지면서 모든 무게가 내 턱에 쏠려 타일 바닥에 넘어지고 말았다. 다행히 석이는 무사했지만 내 턱의 왼쪽 부분이 꽤 많이 찢어져 피가 흐르며 순식간에 부어올라 얼굴이 짝짝이가 되었다.

늦은 시간에 급한 나머지 남편은 나를 미국 대사관으로 데리고 갔다. 내가 싫다고 했지만, 언제든지 응급 상황이 생기면 주저하지 말고 오라던 미국 대사의 말만 믿고 막무가내였다.

마침 대사관 단지 내의 주택에 살고 있던 치과 의사를 만나 나는 치과 수술이 아닌 턱 외상 봉합 수술을 받고 돌아올 수 있었다. 지금도 왼쪽 턱에는 가늘게 줄처럼 보이는 수술 자국이 있고 만지면 약간 튀어나온 것을 느낄 수 있다.

∞

남편이 한 일본 청년을 집에 데리고 와서 점심으로 라면을 끓여 대접했다. 그는 모로코에서 시작하여 남아프리카공화국까지 히치하이킹으로 종단할 예정이라고 했다. 위험하지 않겠느냐고 묻자 씨익 웃더니 배낭에서 칼을 꺼내 보여주며 자기를 지켜줄 무기라고 했다. 그 후 그의 소식은 전혀 들을 수가 없었다.

또 한 사람, 어느 일본 대학생이 사막 횡단을 위해 모리타니에 왔다며 한국 대사관을 찾아왔다. (당시 누악쇼트에는 일본 대사관이 없었다.) 그 대학생은, 몇 년 전에 어떤 일본 청년이 사막 횡단을 하다가 실종되었고 후에 일기장이 사막에서 발견되어 어머니가 아들을 위해 책으로 출간했는데 그 책을 읽고 깊이 감명을 받아 자기도 사막 횡단에 도전해 보기로 결심했다고 말했다. 그러나 그 역시도 횡단 도중 사망한 것으로 밝혀졌다. 너무도 안타까운 일이었다. 남편도 꽤 오랫동안 그 두 사람을 잊지 못했다.

참으로 용감한 사람들이었지만 그들의 이야기는 두 아들의 엄마인 나를 너무도 슬프게 했다.

∞

다로가 나카무라 씨에게 돌아가고 우리 집에 또 새로운 강아지가 들어왔다. '자야'라는 하얗고 여린 강아지. 어느 외교관이 이임하며 다른 가정에 보냈는데 어쩌다가 결국 우리에게 오게 되었다. 자야는 몸이 약한 데다 주인이 자주 바뀌는 상처를 가진 강아지여서 늘 겁이 많았다. 다로처럼 건방지지도 않고 아주 순했지만 자야 역시 남편만 좋아하며 졸졸 따라다니다가 남편이 나가고 나면 아주 미안하고 겸연쩍은 표정을 지으며 나와 석이를 피해 숨어버렸다.

우리가 떠난 후 후임자 가정에서 살았는데 결국 자야는 몸이 약해서 시름시름 앓다가 무지개다리를 건넜고, 다로는 교통사고로 떠났다고 한다. 불쌍한 강아지들. 어쩌다가 힘든 아프리카까지 가서 고생하다가 슬프게 떠나게 되었는지……. 가엾기도 하지.

∞

　서부 아프리카 해안은 갑오징어가 맛있기로 유명한
지역인데 이곳 사람들은 오징어를 안 먹는지 전량을 수
출한다고 했다. 이곳에서는 쌀을 구할 수가 없었는데,
라스팔마스 주재 우리나라 수산회사 대표들이 입어권
교섭을 위해 가끔 방문할 때면 우리 집에도 김치와 쌀을
가져다주셨다. 쌀에는 쌀벌레가 기어다녀 처음에는 께
름칙했지만 곧 아무렇지도 않게 느껴졌고, 쌀을 구할 수
없는 이곳에서 하얀 쌀밥을 먹을 수 있다는 것만으로 감
사해서 깨끗이 씻어 밥을 지어 먹었다.

　처음으로 우리나라도 수산회사에서 이 부사장님과 배
과장님이 누악쇼트에 상주하게 되었다. 얼마 후에는 배
과장님의 약혼녀가 도착해 이곳 조그만 식당에서 결혼
식을 올렸다. 그 식당은 누악쇼트의 유일한 서양 식당이
었는데 며칠 후에 가보니 문이 닫혀 있었다. 나중에 들
은 바로는 집세도 지불하지 않고 야반도주했다고…….

아프리카에서는 종종 있는 일이라며 사람들은 별로 놀라지도 않은 듯 보였다.

∞

누악쇼트에서 외교 행사가 있어서 세네갈 주재 한국 대사님과 직원 몇 분이 출장을 오셨다. 이곳에는 갈 만한 식당이 없어서 남편이 그분들을 집으로 모셔서 간단히 점심을 대접하기로 했다. 마땅한 반찬거리가 없었기에 나는 아침 일찍 바닷가에 나가 방금 잡아 온 도미를 사가지고 와서 회를 떴다. 우리나라의 도미와 비슷하게 생겨서 도미라고 부르긴 해도 맛은 그리 좋은 편이 못되었다. 그러나 싱싱한 맛으로 찌개도 하고 조림도 한다. 이런 사막에 어떻게 한쪽은 바다와 접해 있어서 생선을 먹을 수 있는지 그저 감사할 뿐이었다.

나는 이것저것 정성스럽게 준비했고 모두들 맛있게 드시고 떠나셨다. 그런데 저녁에 남편이 퇴근해서 침울한 표정으로 전해주는 말에 나는 놀라서 그만 주저앉아 버렸다. 특별히 몇 번이나 잘 먹었다고 말씀하시던 분이

44

계셨는데 오후에 세네갈로 돌아가던 도중 그만 교통사고로 세상을 떠나셨다는 것이었다.

너무도 마음이 아팠다. 불과 몇 시간 전만 해도 행사가 잘 끝났다고 좋아하시며 바로 이 식탁에서 맛있게 드시고 밝은 표정으로 가셨는데…….

∞

오늘은 토요일이라 세 식구가 바닷가에 갔다. 슬리퍼를 신었음에도 발바닥이 델 것처럼 모래가 따가웠다. 달려드는 파리 떼로 정신이 없고 상인들이 생선을 손질하며 내장 등을 모래사장에 그냥 버린 탓에 지저분한 데다 비린내에 숨이 막힐 것 같았다. 그러나 생선을 잡아 배에 싣고 물살을 가르며 활기차게 들어오는, 색색 가지 그림으로 멋을 낸 고깃배들과 어부들의 생기와 활력, 배가 들어오기를 기다리며 시끌벅적하게 웃고 떠드는 사람들의 순박한 모습과 어수선한 광경은 내가 바닷가에 나올 때마다 얻는 큰 즐거움이고 에너지였다.

수영을 하겠다고 바다에 들어간 남편이 손짓하며 나

를 불렀다. 순식간에 밀려온 파도에 안경이 벗겨져서 떠내려갔다고……. 이 뜨거운 사막을 벗어나 대서양으로. 문득 서운한 생각이 들었다. 내가 누악쇼트에 도착해서 기진맥진하여 걸어갈 때 햇빛에 반사되어 반짝이며 나를 반겼던, 제일 먼저 내 눈에 띄었던 금테 안경이었는데…….

잘 가라, 시원한 곳으로…….

∞

오늘은 관저에서 큰 행사가 있어서 사모님을 도와드리려고 집을 나섰다. 아이를 맡길 곳이 마땅치 않아 석이를 그냥 데리고 갔다. 가기 전에, 부엌 근처에는 절대 오지 말고 정원에서만 놀아야 한다고 석이에게 단단히 일러두었다. 그렇게 하면 다음 날 석이가 누악쇼트에서 제일 좋아하는 장난감 가게 '어린 왕자'에 가주겠다고 약속을 했다.

사모님께서는 괜찮다고 하셨지만 옆에서 조금이라도 거들어드리고 있는데 갑자기 석이가 엄지손가락을 빨

46

며 부엌으로 들어왔다. 그러더니 느닷없이 사모님께 "사모님, 엄마 일 아안 돼, 아안 돼. 사모님이 다아 해" 하는 게 아닌가. 순식간에 일어난 이 황당한 일에 나는 사모님께 너무 죄송해서 아이를 나무랐지만 사모님께서는 오히려 "석이가 굉장히 똑똑하고 효자야" 하시면서 어서 집에 가라고 등을 떠밀며 나를 돌려보내셨다.

　나는 집으로 돌아오면서 어찌해야 좋을지 고민스러웠다. 약속을 어긴 석이를 야단쳐야 할지, 아니면 효자라고 칭찬해야 될지.

　다음 날 아침 나는 석이에게 앞으로는 한번 한 약속은 꼭 지켜야 된다고 말했고, 아주 흐뭇한 마음으로 장난감 가게로 향했다.

∞

　아침 9시쯤 석이와 남편이 다 나가고 나서 설거지를 하고 있는데 바닷가에 가자고 대사 사모님께서 오셨다. 항상 반복되는 일상에서 전혀 예상하지 못했던 이 뜻밖의 제안에 기분이 날아갈 듯이 좋았다. 날씨도 그리 무덥지 않고 햇빛도 평소보다 강하지 않고 모래바람도 없는, 약간 다르게 느껴지는 아침이었다.

우리는 모래사장에 신문지를 깔고 앉아 파도 소리, 갈매기들이 떠드는 소리 그리고 해맑고 낙천적인 사람들의 수다와 웃음소리 등을 즐기며 기분이 최고조에 도달했다.

이런저런 이야기를 하고 있는데 갑자기 사모님께서 "어머 저게 뭐야? 사람이야, 새야?" 하셔서 돌아다보니 언뜻 보기에도 사람보다도 훨씬 키가 큰 새 한 마리가 바다를 바라보며 서 있었다. 우리나라의 재두루미같이 생겼는데 월등히 컸다. 아침 이슬이 살짝 내리는 바닷가에서 그 새의 모습은 정말 신비로워 보였다. 우리는 새에게 눈을 고정한 채, 한동안 아무 말도 하지 못했다.

얼마나 지났을까? 그 새는 순식간에 하늘로 오르더니 낮은 비행으로 우리의 머리 위를 천천히 날아갔다. 그 힘찬 날갯짓과 그때마다 들리는, 도저히 말로는 표현이 안 되는 그 소리는 잊을 수 없는 경이로움 그 자체였다.

사막, 바다, 아침 이슬 그리고 외롭게 먼 곳을 바라보던 재두루미 한 마리. 무엇인가 서로 어울리지 않는 대상들이었지만 나의 가슴을 잔잔하게 뛰게 만든 아프리카에서의 어느 날 아침 풍경이었다.

∞

외국인의 집에는 거의 대부분 밤 동안에 집을 지키는 가드(경비)가 있었다. 비교적 평화로운 곳이긴 해도 간혹 치안이 좋지 않을 경우도 있었기 때문이다.

우리 집에도 '바'라는 청년이 왔다. 저녁 6시부터 다음 날 아침 6시까지 있는데 만일 저녁에 우리가 초대를 받거나 관저에 일이 있을 경우에는 석이와 놀아주는 베이비시터 역할도 겸했다.

처음 바를 보았을 때 나는 그가 서른 살이 넘은 아저씨인 줄로 생각했는데 스물두 살이라고 하여 깜짝 놀랐고 마음이 아팠다. 특히 치아가 몇 개밖에 없어서 무엇을 먹을 때면 할아버지 같아 보였다. 바는 석이를 위해 나무에 그네도 매어주고 잘 데리고 놀았다. 대부분의 현지인들처럼 바도 착하고 순수했다. 마음이 아플 정도로. 처음에는 석이가 우리를 따라 나오려고 철대문 안에서

기어오르며 울고불고 떼를 썼지만 바와 정이 들고부터
는 순순히 잘 다녀오라고 손까지 흔들게 되었다.

바가 퇴근한 뒤 밤에 석이와 바가 놀았던 그네 근처를
가보니 조그만 그릇에 물이 담겨 있고 성냥개비가 잔뜩
들어 있었다. 정전이 되면 석이가 무서워해서 바는 계속
성냥을 그어대고 물그릇에 버린다고 했다.

앙상한 줄 그네와 물그릇, 성냥개비들을 보니 무서워
했던 석이도, 계속 달래주던 바의 모습도 떠올라 측은한
생각이 들었다.

∞

혹시 갈치를 살 수 있으려나 기대하고 바닷가에 나갔
다. 아직 이른 아침이어서 햇볕도 뜨겁지 않고 슬리퍼
사이로 끼어드는 모래도 따갑지 않았다. 배가 아직 들어
오지 않아서 이리저리 왔다 갔다 하고 있는데, 분명 사
람 같아 보이는 큰 물체가 바닷속에서 엄청 센 물살을
가르고 갑자기 솟구쳐 올랐다. 깜짝 놀라서 뚫어지게 보
고 있으려니 온몸으로 파도를 튕기면서 한 소년이 걸어

나오고 있었다. 그는 한 손에 아주 커다란 조개를 들고 귀에도 대어보고 입에 대고 불어보기도 하며 무척 신나는 표정이었다. 나는 그가 모래로 걸어 나오기를 기다렸다가 그에게 들고 오는 것이 무엇이냐고 물었다. "코키야주"(조개)라고 하며 그는 내 귀에 대어주었다. 신기하게도 무슨 소리가 들리는 듯했다. 깊고 먼 바다에서 온 코키야주는 신비스러운 존재로 느껴졌다. 그 안에 살았던 생명체는 어디로 가고 비록 빈 껍데기뿐이지만, 오돌토돌한 표면과 표현하기 어려운 분홍과 주홍의 묘한 색깔, 무엇보다도 귀에 대면 아득히 먼 곳의 소리가 희미하게 나의 귀 안에 퍼지는 듯 느껴졌다. 나는 그 커다란 코키야주를 얼른 구입했다. 엄마에게 드리려고.

역시 엄마는 좋아하셨고 돌아가시기 전까지도 종종 쓰다듬기도 하시고 귀에 대고 소리도 들으셨다고 한다. 코키야주는 자기를 사랑하는 사람에게만 희미하지만 신비스러운 소리를 들려준다고 한다. 코키야주는 끝까지 엄마의 소중한 친구가 되어주었다. 사하라사막의 모래 속에서만 찾을 수 있다는, 마치 장미꽃 모양의 얼음사탕처럼 생긴 '사막의 장미Desert Rose'라는 돌과 함께.

고맙다 코키야주, '사막의 장미'. 외로운 엄마의 친구
가 되어주어서.

∞

어느덧 이 뜨거웠던 사막에서의 생활도 끝나가고 남
편은 서울로 발령이 났다. 처음 도착할 때부터 정말 까
다로웠던 곳이었지만 막상 떠난다고 하니 힘들었던 생
각은 전혀 기억에 없고 섭섭하기만 했다. 순박한 모리타
니 사람들에 대한 애틋한 정이 나도 모르게 많이 쌓여
있었다.

남편은 행사 관계로 세네갈에 한 달 동안 차출되어서
나는 석이를 데리고 먼저 떠나게 되었다.

2년간 정들었던 마마두, 바와 눈물의 작별을 했다. 언
제 다시 만날 수 있을지 전혀 예측할 수 없는 헤어짐이
었다. 과연 이들이 이 누악쇼트를 벗어나는 것이 이들에
게 좋을지 아닐지는 오직 이들만이 알 수 있는 일이고
그것이 행복한 일이 될지도 아무도 장담하기 어려운 일

이었다.

나는 마음속으로 바의 치아가 제발 더 나빠지지 않기를 빌었다.

공항에 도착하여 수속을 끝내고 뒤돌아서서 특별한 대상 없이 모리타니라는 나라에 그리고 사람들에게 손을 흔들었다. 마음속으로 이 현지인들이 너무도 어려운 자연환경을 잘 극복하고 좀 더 나은, 발전된 삶을 살게 되기를 기도했다.

안녕, 모리타니. 잊지 않을게.

모리타니를 떠나고 수년 후, 주駐모리타니 한국 대사관은 누악쇼트에서 철수했다고 전해 들었다.

드디어 기다리고 기다리던 그 시간이 다가오고 있었다. 이날이 오기만을 지난 2년간 꿈꾸며 살았다. 나는 주야가 얼마나 컸을지 너무도 궁금하고 나를 어떻게 대할지 점차 걱정이 되었다.

검게 그을린 피부에 비쩍 마른(가족들의 이야기에 따르

면) 석이와 내가 세관을 통과하고 밖으로 나왔다. 마중 나온 가족들의 모습이 눈에 들어왔다. 그 가운데 어린 아이 하나가 서 있는 게 보였다. 언뜻 보기에 눈매가 나와 비슷해 보이는데 하얗고 토실토실했다. 나는 "주야" 하며 양팔을 벌리고 아이를 향해 뛰어갔다. 그런데 이게 웬일이란 말인가. 삐뚜름하게 서서 나를 쳐다보던 주야는 갑자기 팔을 뻗쳐 손으로 나를 막더니 "아줌마 가!" 하는 것이었다. 그것도 잔뜩 화난 표정으로. 나는 하도 기가 막혀서 주저앉고 싶었다. 석이가 나를 잡아끌었다. 내가 석이에게 "동생이야, 석이 동생" 하자 석이는 갑자기 울음을 터뜨리며 "동생 아이야, 칭구야" 하며 주야로부터 나를 떼어놓으려 했다. 주야도 할머니와 고모에게 집에 가자고 울며 떼를 썼다.

내가 그토록 꿈꾸던 황홀한 만남의 장면은 삽시간에 울며 떼쓰는 두 아이와 그걸 달래느라 진땀을 빼는 어른들로 난장판이 되었다.

∞

아들로부터 아줌마 소리를 들으며 사사건건 부딪치는 두 아이 사이에서 한 달 정도의 곤혹을 치르고 마침내 남편이 도착하는 날이 되었다. 나는 주야가 이번엔 "아저씨" 하겠지 생각하자 남편이 불쌍하게 느껴졌다. 남편은 내가 출산하러 서울로 왔기 때문에 주야를 처음 만나는 것이었다.

역시 검은 피부에 바짝 마른 남편이 눈으로 우리를 찾는 표정을 지으며 나타났다. 그런데 웬걸. 그가 주야를 발견하고 안으려고 팔을 벌리자 주야는 순순히 안기는 것이 아닌가. 남편은 아이를 안고 흑흑 흐느끼며 울었다. 쓰다듬고 뺨을 비비고……. 주야는 한 달 전과는 완전히 딴판이었다. 아빠 품에 가만히 안겨 있었다. 마치 '아빠, 나를 두고 어디 갔다가 이제야 왔어요?' 하는 그런 슬픈 표정으로.

이럴 수가……. 이건 아닌데……. 내가 지난 2년 동안 주야가 보고 싶고 걱정이 되어 얼마나 많이 울었는데. 잠을 못 이룰 때도 얼마나 많았는데.

나는 분하고 억울했다.

그리고 형과 동생, 형제라는 개념이 석이와 주야 사이에서 익숙해지기까지 상당한 시간이 걸렸다. 내가 키운 석이, 시부모님이 돌보신 주야, 형제 사이는 말할 것도 없고 나와 시부모님 사이에서도 교육 방식과 식습관 길들이기 등에서 계속 마찰이 이어졌다. 그러나 결국, 시간이 모든 것을 자연스럽게 해결해 주었다.

싱가포르

이번에도 남편이 한 달 먼저 출국하여 집을 구한 뒤에 나와 아이들이 떠나기로 했다.

  석이와 주야는 시간이 흐르면서 점점 형과 동생으로서의 관계가 좋아졌고 주야는 형을 무척 따랐다. 이제는 내가 엄마인 걸 알고 처음과는 완전히 딴판이 되어 돌봐주던 유모 아주머니를 옆에도 못 오게 하고 할머니, 할아버지와 고모들에게까지도 거리를 두려 했다. 엄마, 아빠, 형 그리고 자기까지만 한 가족으로 여기려 했다. 부모님께서도 고모들도 섭섭해하시긴 해도 어쩔 수 없는 자연스러운 일이라며 그냥 웃어넘기셨다.

떠나기 전에 석이는 해외 생활의 선배답게 수시로 동생에게 여러 가지 자신의 경험담을 들려주었고 눈을 껌뻑이며 열심히 경청하는 주야의 모습이 우스우면서도 참 귀여웠다.

모리타니와 달리 싱가포르는 아주 습했다. 갑자기 비가 쏟아지고 금방 해가 나는 전형적인 동남아 기후였다. 거리는 아주 깨끗하고 나라 전체가 반듯한 느낌을 갖게 하는 선진국이었다. 법과 질서가 엄격해서 법을 어기면 외국인에게도 어김없이 태형이 선고되기도 했다.

우리 집은 5층짜리 빌라로 전체적으로 큰 리조트 단지 같은 느낌이었다. 신혼부부가 잠시 살았던 집이어서 깨끗하고 밝고 전체적으로 명랑한 느낌을 주었다. 다만, 곧이어 양가 부모님께서 방문하시기로 되어 있었는데 엘리베이터가 없는 것이 단 하나의 단점이었다.

아이들은 영국 학교에 입학했다. 석이는 초등학교 1학년, 주야는 유치원에 들어갔는데 깔끔하게 교복을 입고 형제가 함께 학교 버스를 타고 등교했다. 토요일에는 한글학교가 열려서 우리나라 교과과정에 따라 수업이 진행되었다. 한국 친구들이 많아서 아이들은 무척 즐거워

했다.

우리 집 근처의 대단지 아파트에는 한국 기업이나 은행에서 파견된 가족분들이 많이 살고 계셔서 아이들은 서로 오가며 많은 친구들을 사귈 수 있었다. 석이와 주야에게는 싱가포르가 아마도 그들의 인생에서 가장 행복했던 곳이었을 거라는 생각이 든다. 인종차별도 없고 한국 친구들과 맘껏 뛰놀며 어린 시절을 보낸 곳이기에.

∞

나는 우연히 고등학교 선배를 만나 그분의 권유로 십자수 모임에 나갔다. 워낙 바느질에는 소질도 없고 취미도 없어서 망설였지만 부담 없이 아침 시간을 함께하자고 하여 더 이상 거절하지 못했다. 하지만 덕분에 그곳에서 다양한 국적의 사람들을 만나게 되어 싱가포르 생활의 폭을 한층 더 넓힐 수 있었다. 주로 미국 엄마들이었고 남아공, 프랑스, 네덜란드 엄마도 있었는데 매주 돌아가며 집을 제공하고 갓 구운 케이크와 커피를 대접하는 평범한 주부들의 소박한 즐거움이 넘쳐나는 듯했

다. 나 이외에 세 명의 한국 엄마들의 수예 솜씨는 모두
가 놀랄 만큼 탁월했다. 한 작품을 완성할 때마다 감탄
하며 서로 칭찬을 아끼지 않았다. 그때 친해진 한국 엄
마들 세 명은 지금도 분기별로 만나 계속 우정을 이어가
는 끝까지 함께할 평생의 친구가 되었다.

∞

싱가포르에서 살았던 3년 내내 나는 마치 여름휴가를
온 것 같은 기분이었다. 모든 것이 넘치도록 풍성하고
항상 밝고 들떠 있는 듯한 분위기, 관광지에 여행 온 것
같이 안정감이 없고 언제라도 휴가가 끝나면 짐을 싸서
떠나야 한다는 생각이 들었다. 그럼에도 싱가포르가 내
게 뜻깊은 나라가 된 이유는 양가 부모님께서 다녀가셨
기 때문이다. 처음으로 해외에서 부모님과 함께 시간을
보낸 의미 있는 곳, 하지만 처음의 마음과는 달리 잘해
드리지 못해서 다른 한편으로는 가슴 아픈 후회와 아쉬
움이 많은 곳이기도 하다. 엄마가 그렇게 좋아하셨던 뉴
턴 서커스 야시장에 한 번 더 모시고 가지 못한 것이 못

내 후회스럽다.

싱가포르에는 맥도날드를 '맥당로麦当劳', 켄터키 프라이드 치킨KFC을 '긍덕기肯德基'라고 한자로 써놓은 간판이 붙어 있는데 아버지께서는 그걸 보시고 무척 재미있어 하셨다. 부모님이 가신 뒤에도 나는 맥도날드 앞에서 웃으시던 아버지 생각이 나서 마음 한구석이 쓰리고 아팠다.

싱가포르는 양가 부모님께서 다녀가신 유일한 곳이다. 나와 남편이 막내가 아닌 맏이였다면 얼마나 좋았을까.

그래도 싱가포르는 연로하신 부모님들께는 비행시간이나 음식 등 여러 가지 면에서 여행하시기에 가장 적합한 나라였다. 그래서 나는 우리가 싱가포르에 살았던 것을 늘 감사하게 생각한다.

∞

관저에 만찬 행사가 있어서 참석하고 늦게 돌아오니 식탁 의자가 모두 거실 쪽으로 나와서 둥그렇게 둘려 있었다. 식탁 위엔 김밥이 몇 개 남은 접시가 랩에 덮여 있고 바닥엔 깨진 유리컵 조각들이 널려 있었다. 낮에 관저에서 만찬 준비를 하고 있을 때 주야가 컵을 깨뜨렸다고 석이가 전화했었는데 아마 동생이 다칠까 봐 의자로 막아놓은 것 같았다. 그 광경을 보는 순간 가슴이 뭉클했다.

부엌으로 가보니 긴 대나무에 빨래를 끼워 걸어놓았던 것을 안으로 들여와서 의자에 걸쳐놓은 것이 눈에 들어왔다. 싱가포르에서는 대나무 장대에 빨래를 끼워 밖에 널어놓는데, 비가 오니까 내가 미처 치우지 못하고 나갔던 것을 석이가 집 안으로 들여놓은 것이었다. 너무나 자상한 석이, 마음이 짠했다. 이제 겨우 초등학교 3학년인데 동생을 돌보고 엄마를 도와주다니.

나는 아이들 방으로 가서 자는 모습을 들여다보았다. 주야는 잘 때도 형한테 붙어서 형을 의지한 채 자고 있었다. 참으로 평화롭고 천사 같은 아이들. 앞으로도 평생 형제가 서로 돕고 의지하며 살아주렴.

∞

나는 원래 파충류를 무서워하고 싫어한다. 도마뱀이 집에서 같이 살지 않았다면 싱가포르에서의 생활은 거의 만족스러웠을 것이다.

　그렇지 않아도 매일매일 놀라며 살고 있는데 친구가 전해준 말을 듣고 나는 도마뱀 때문에 노이로제에 걸려버렸다. 어느 한국 엄마가 쌀을 씻어놓고 잠깐 전화를 받고 돌아와서 밥솥 뚜껑을 덮고 밥을 지었는데 나중에 뚜껑을 열어보니 밥 한가운데에 도마뱀이 누워 있었다고. 그 말을 듣고 난 후 나는 더욱 신경이 날카로워져서 일상생활이 힘들 정도였다. 남편과 아이들은 도마뱀의 존재에 대해 아예 신경도 쓰지 않는데 나만 유독 힘들어했다. 탁자 밑에서 갑자기 튀어나오거나, 커튼을 닫으려는데 그 안에 숨어 있다가 꼬리를 빠르게 움직이며 도망을 가고, 어떤 때에는 문 위에 있다가 나랑 눈이라도 마주치면 마치 나를 노려보는 듯이 느껴졌다.

　모리타니에서는 큰 이구아나가, 싱가포르에서는 쏜살같이 빠른 작은 도마뱀이. 그런데 불행히도 이게 끝이 아니었다. 18년 뒤에 가게 될 인도에서도 도마뱀이 나를 기다리고 있었다.

∞

  우리가 사는 빌라 1층에는 마리아라는 영국 엄마가 살고 있었다. 가끔 우연히 마주치면 눈인사 정도는 하곤 했는데, 어느 날 슈퍼에서 정면으로 맞닥뜨린 우리는 통성명을 했고 가끔씩 서로의 집을 오가는 사이로 발전했다. 그녀는 남편과 우리 아이들 또래의 아들과 살고 있었는데 가족끼리 식사도 함께 하며 가깝게 지냈다. 마리아와 그녀의 남편은 아주 영국적인 사람들이었다. 항상 예의를 지키고 상당히 검소했다.

  나는 점잖고 조용한 그녀를 많이 의지했고 같이 있으면 무척 편안함을 느꼈다. 내가 싱가포르를 떠날 때, 우리가 다시 만나게 될 가능성은 거의 없다는 것을 잘 알고 있었지만 우리는 주소와 전화번호를 주고받았고 꼭 다시 만날 것이라며 서로를 위로했다.

  그리고……. 놀랍게도 전혀 예상치 못한 일이 발생했다. 3년 뒤 우리가 런던에 가게 될 줄이야……. 마리아와 나는 이번엔 그녀의 나라에서 한 번 더 만나게 될 운명이었던 것이다.

∞

아이들은 싱가포르에서 아주 밝아졌고 행복해했지만 3년이 되자 어김없이 서울로 발령이 났다.

아쉬움을 뒤로한 채 우리는 여름휴가를 잘 마치고 다시 복잡하고 피곤한 일상으로 돌아가야 하는 여행자들처럼 싱가포르를 떠났다.

석이와 주야는 철없이 신나게 뛰어놀던 소년기를 보낸 싱가포르를 기억하게 될 것이고, 나는 부모님과 함께했던, 영원히 다시 올 수 없는 그 소중한 시간들을 기억하게 되겠지.

안녕, 싱가포르. 정말 고마웠어.

런던

싱가포르에서 자유롭게 잘 지내던 아이들이 서울로 돌아오니 날씨도 모든 상황도 다 혹독하게 추운 겨울이었다. 특히 초등학교 저학년임에도 교과과정이 만만치 않았다. 공부는 당연히 어려웠고 학교 분위기와 친구 사귀는 일 등 공부 이외의 모든 일에서 적응하고 헤쳐나가야 할 것들이 한두 가지가 아니었다. 서울은 아이들은 물론이고 나에게도 적응하기 매우 힘든 또 하나의 외국생활, 즉 임지와도 같았다.

어느 날 외출하고 돌아오니 석이가 자기 방에서 나와 보지도 않고 장난감들을 만지작거리며 앉아 있었다. 항상 상냥하게 맞아주던 석이인데 아무 말이 없었다. 내가 "엄마 왔다" 했더니 눈물이 그렁그렁한 눈으로 나를 올려다보며 "Mom, how can I find my identity?"(나는 누구인가요?) 하는 게 아닌가. 나는 순간 '아! 드디어 올 것이 오고야 말았구나' 하는 생각이 들었다. 선배들로부터 수없이 들었던 외교관 자녀들의 고충과 갈등이 마침내 우리 아이들에게도 시작된 것이다. 주야는 아직 어리고 늘 형을 의지하기 때문에 서울에 들어와서도 별로 어려움이 없었다. 그러나 석이는 한창 예민한 나이였기에 갑작스러운 이별과 변화를 받아들이기 힘들었을 것이다.

나는 한숨만 나왔다. 나 역시도 이런 변화가 힘들었기에.

∞

이럭저럭 힘들게 어려운 상황들을 겨우겨우 이겨내고 이제 친구도 사귀고 견딜 만해졌는데 또다시 발령이 났다. 남편이 런던에 있는 RIIA[*]왕립국제문제연구소Royal Institute of International Affairs, 일명 채텀하우스로 연수를 가게 되었다. 그 연구소는 세계적으로 권위 있는 곳이었지만 또 아이들이 급작스레 겪을 변화를 생각하니 걱정이 태산이었다. 어쩌면 정신적인 충격을 줄 수도 있을 것 같았다. 힘들었던 모리타니, 더 힘들었던 서울이었는데 런던은 이제 사춘기로 접어드는 석이에겐 훨씬 더 힘든 곳이 될 것 같다는 생각이 들었다.

아이들은 겨우 사귄 친구들과 또 이별을 해야 하는 아픈 시간을 보냈다. 이번엔 두 아이 모두 그리 즐거워 보이지 않았다. 아마도 이젠 이별의 아픔과 새로운 적응의 어려움이 무엇인지 확실히 알게 된 것 같았다.

∞

이른 새벽에 우리 가족은 런던 히스로공항에 도착했다. 비가 부슬부슬 내리는 음산한 날씨인 데다 거리에서 오고 가는 사람들의 표정도 대개는 굳어 있어서 아이들은 아무 말 없이 창밖만 내다보고 있었다.

남편의 직장 동료께서 공항에 마중을 나와주셨고 염치없지만 이른 시간임에도 불구하고 우리 네 식구는 그 댁에서 아침을 먹었다.

외국 생활에서 서로 주고받는 상황이면 몰라도 일방적으로 신세를 지면 정말 몸 둘 바를 모르겠고 평생 큰 빚을 진 죄인 같은 심정으로 살게 된다. 우리는 런던에 머무는 동안 송구하게도 수시로 그 댁의 도움을 받았다. 부인은 어린 아기가 있었지만 어려운 상황에 처한 사람들을 잘 보살피고 편하게 도움을 주는 분이라서 싫은 내색 한번 하지 않았다.

마침 전임자가 살던 집을 인계받게 되어 우리는 곧 입주할 수 있었다. 서울에서 부친 짐이 아직 도착하지 않았지만 대사관 직원분들께서 계속 돌아가면서 식사 초대를 해주셔서 싸늘한 런던의 날씨 가운데서도 온기를 느낄 수 있었고 마음도 한결 가벼워졌다. 매일 맛있는 밥은 물론이고 런던 생활에 도움이 되는 이야기들을 들었고 아이들도 또래의 한국 학생들에게서 귀한 정보를 많이 얻었다.

낯설고 막막한 외국에서 식사 대접을 받는 일은 밥 한 끼 그 이상의 따뜻한 정이었다. 도착했을 때와 마찬가지로 발령을 받아 임지를 떠날 때도 일반적으로 직원분들의 가정에 식사 초대를 받는데, 심신의 피로를 잠시나마

잊고 위로받을 수 있어서 너무도 감사한 일이었다. 한식 식재료를 구하기도 어려운 외국에서, 그것도 작은 집에서 아이들을 키우는 빠듯한 형편에 손님을 대접하는 것은 절대로 쉬운 일이 아니다. 하지만 외국 생활에서 직원들끼리 서로 도와가며 정을 나누는 것은 정말 따뜻한 위로가 되었다.

∞

런던에 도착해서 제일 먼저 눈에 띈 것이 수선화이다. 거리의 공원이나 주택의 정원에는 흰색, 노란색의 수선화들이 많이 피어 있었는데 빗속에서 무방비 상태로 이리저리 흔들리며 떨고 있는 모습이 애처롭게 느껴졌다. 마치 그 당시 우리 가족의 상황과도 비슷하다는 느낌이 들었다.

우리는 2월에 부임했는데 비가 자주 와서 바깥 풍경도 을씨년스러웠고 뼛속까지 싸늘하게 느껴졌다. 아마도 전 임지가 덥고 밝고 활기찬 싱가포르였기에 런던이 더욱 춥고 삭막하게 생각되었던 것 같다.

런던으로 출국하기 전 뉴스를 통해 런던의 날씨가 바람이 많이 불고 춥다는 것을 이미 알았다. 어떤 날은 사람들이 바람에 맞서 울타리를 꽉 잡고 서 있는 모습도 볼 수 있었다.

나는 어쩐지 런던에서의 생활이 녹록지 않을 것 같은 예감이 들었다.

∞

석이는 중학교에 입학했고 주야는 집 근처 초등학교에 들어갔다. 석이 학교에는 다행히 한 살 위의 한국 학생이 있었고 주야는 같은 반에 한 명이 있어서 훨씬 마음이 놓였다. 단 한 명이라도 한국 학생이 같은 학교를 다닌다는 것이 아이들에게 큰 위로가 될 것 같았다. 주야는 배려심이 많은 영국 친구를 사귀면서 조금씩 잘 적응을 해나갔고 나도 그 학생의 엄마와 사귀게 되었다. 그녀는 런던에 사는 동안 나를 많이 보살펴 주고 도움을 주었다. 아이들은 싱가포르에서만큼은 명랑하거나 행복해 보이지 않았지만 그래도 형제가 서로 의지하며 조금씩 기분이 나아지는 듯 보였다.

런던에서도 고등학교 선배를 만났는데 싱가포르에서 만났던 인연이어서 정말 의지가 되었다. 그 선배의 권유로 런던에 유학을 온 한국 대학생을 소개받아 일주일에 한 번씩 집에 와서 아이들 공부를 도와주도록 했다. 밥도 같이 먹고, 바둑도 두고, 형처럼 지낼 수 있어서 아이들도 참 좋아했다.

다행히 런던 한글학교가 매주 토요일에 열려서 아이들은 서로 정보도 나누고 스트레스도 풀 수 있었고, 일요일엔 한인 교회의 주일학교에 다니면서 런던 생활도 서서히 안정이 되어갔다.

∞

외출했다가 집으로 돌아오는 길에 시간의 여유가 있어서 모처럼 석이를 데리러 학교에 갔다. 그런데 학교 앞 모퉁이 쪽에 영국 아이들 네댓 명이 눈을 뭉쳐서 어떤 학생의 목덜미 안으로 자꾸 집어넣고 있었다. 언뜻 낯익은 까만 머리가 보였다. 나는 정신 나간 사람처럼 차에서 내려 달려가며 당장 그만두라고 소리쳤다. 영국 학생들은 놀란 듯이 나를 쳐다보았고 석이는 아무 말 없이 뒷덜미에서 눈을 털어냈다. 마치 이런 일에 익숙한 듯. 나는 마음을 진정시키고 다시는 이런 장난 하지 말고 사이좋게 지내라고 조용히 말한 뒤 석이의 가방을 들고 돌아섰다.

석이와 나는 차 안에서 아무 말도 하지 않았다. 어렸을 때 눈이 오면 친구들과 흔히 했던 재미있는 놀이였음에도 불구하고 왠지 나는 서글펐다.

런던 생활이 끝나고 서울에 돌아와서도 석이는 똑같이 힘들었다. 영국에선 한국으로 돌아가라고 괴롭힘을 당했고, 한국에 돌아와서는 외국에서 살다가 왔다고 한국 학생들에게 학교 폭력을 당했다.

나는 우리가 싱가포르에서 왔을 때 석이가 울먹이며 했던 말이 가끔씩 떠올랐고 그때마다 너무도 가슴이 아팠다. 아빠의 직업으로 인해서 아이들이 어려서부터 안 해도 될 마음고생을 하게 된 것 같아서.

∞

서울에서와 달리 마당이 있는 집에서 살다 보니 아침에 식구들이 모두 나가고 나면 나 혼자 식탁에 앉아 아무 생각 없이 뒷마당을 내다보는, 하루 중 가장 편안한 나만의 시간을 가질 수 있었다.

나는 이 아기자기하고 조그만 뒷마당이 정말 마음에 들었다. 가끔씩 다람쥐도 놀러 오는데 석이는 어느새 '니키'라는 이름까지 지어주고 친하게 지내고 있었다. 정원에는 수선화도 피어 있고 니키의 밥이 되는 호두만 한 크기의 작은 사과가 열리는 나무도 있었다. 운이 좋으면 니키가 유리문 앞에 서서 열매를 맛있게 까먹고 있는 귀여운 모습을 볼 수도 있었고 그러다가 나와 눈을 맞추고 바라봐 줄 때도 있었다.

학교에서 돌아온 석이가 집 안으로 들어오지도 않고 곧장 정원으로 나가더니 잔디 위에서 날지 못해 파닥거리고 있는 새 한 마리를 안고 들어왔다. '로빈'이라는, 가슴에 주황색 털이 나 있는 새인데 날개를 다친 것 같았다.

시리고 춥던 석이의 마음이 로빈과 니키로 인해 따뜻해졌고 석이는 집에 돌아오기 무섭게 교복도 벗지 않은 채 곧장 뒷마당으로 뛰어가곤 했다. 그러던 어느 날, 석이는 슬픈 얼굴로 정원에서 들어왔다. 로빈이 날아간 모양이었다. 얼굴은 한없이 섭섭해 보였지만 석이는 로빈이 다 나아서 날아간 것이 기쁘다고 말했다. 석이는 이미 수년 전부터 만남에는 반드시 이별이 동반한다는 것을 터득한 것 같았다.

∞

우리 집 2층 창문을 열고 큰길 쪽을 바라보고 있노라면 213번 빨간 2층 버스가 정류장으로 들어오는 것이 보인다. 버스가 정류장에 서고 문이 열리면 검정 바지에 흰 셔츠, 초록색 재킷, 검정과 초록, 노랑의 줄무늬 타이를 맨 아이들이 버스에서 우르르 내린다. 백인 학생들 사이에서 단 한 명, 얼굴이 유난히 노랗고 머리털이 새카만 석이가 한 손에 아이스크림을 들고 버스에서 내리는 것이 보인다. 영국 학생들은 자기네 국가에 재미있고 장난스러운 가사를 붙여서 큰 소리로 노래 부르며 웃고 떠들기도 하는데 석이는 고개를 숙인 채 그들과 조금 떨어져서 조용히 아이스크림을 먹으며 걸어온다. 석이가 집 가까이 오면 저 멀리 주야가 역시 아이스크림을 들고 나타난다. 그러면 나는 얼른 창문을 닫고 아이들을 맞기 위해 아래층으로 뛰어내려 간다. 나에게는 하루 중에서 가장 가슴 뛰고 설레는 시간이다.

∞

그동안 계속 미루기만 했던 일을 실행하기로 했다. 남편의 연구소 사람들을 집에 초대한 것이다. 학자들을 초대하려니 지성적인 사람들에 걸맞은 식사 분위기가 되어야 할 것 같은 쓸데없는 걱정까지 생겼다. 고민 끝에 소박하고 깔끔하게 준비하기로 계획을 짰다. 자신 없을 때는 단순하게 하는 것이 오히려 실패의 확률이 적다고 판단했다.

가장 한국적인 음식 몇 가지와 심심하게 담근 김치를 준비했다.

식사를 마친 후에는 집 근처에 있는 리치먼드 파크로 산책을 갔다. 아이들은 분숫가에서 뛰놀며 서로 친해졌고, 남자들은 조금 무거운 듯한 주제로 이야기를 나누는 것 같아 보였다. 여자들은 평범한 일상의 이야기를 나누며 온화한 시간을 가졌다. 한 시간 정도 산책을 하고 나니 훨씬 가까워진 느낌이 들었고 처음의 서먹서먹했던 분위기는 깔끔하게 사라져 버렸다.

우리는 다시 집으로 돌아와서 영국 차와 디저트를 먹으며 가장 영국적인 오후 시간을 보냈다. 기분도 상쾌하고 마음도 홀가분한 토요일 오후였다.

∞

싱가포르를 떠날 때 받았던 마리아의 주소로 편지를 보냈다. 이제나저제나 소식을 기다리고 있는데 마리아에게서 전화가 왔다. 아직도 내 귀에 익숙한 그녀의 목소리와 영국 악센트가 수화기 속에서 들려오자 나는 벅차오르는 감정으로 인해 한순간 아무 말도 하지 못했다. 잠시 후 우리는 서로 말하려고 허둥대는 바람에 잠시 혼선을 빚었다. 진정하고 나서 만날 날짜와 시간, 장소를 정했다.

이름도 멋지고 운치 있는 워털루 스테이션에서 마치 영화의 한 장면처럼 만나 같이 점심을 먹었다. 아쉬웠지만 헤어져야 할 시간이 되어 다시 워털루 스테이션으로 돌아왔고 서로 말은 안 했지만 나도 마리아도 다시 보지 못하리라는 것을 알고 있었기에 한참을 서로 부둥켜안았다. 그리고 기차는 특유의 슬픈 소리를 내며 움직이기 시작했다. 기차에 타고 있는 나도, 밖에 서 있는 마리아도 마음속으로는 눈물을 흘렸지만 가까스로 미소를 지어 보였다.

안녕, 마리아. 안녕, 케이트 ■나의 영어 이름.

∞

런던에 있는 동안 가장 즐거웠던 일은 여름휴가 때 자동차로 유럽 대륙을 여행한 것이다. 도버해협을 건너 지도를 보며 유럽의 여러 나라를 여행한 것은 우리 네 식구의 기억 속에 영원히 남을, 우리 가족만이 공유한 소중한 추억이 될 것이다.

그러나 여행하는 일이 쉽고 순탄하기만 했던 것은 아니다. 오스트리아에서 산길을 따라 스위스로 넘어가면서 뜻하지 않게 연료 계기판에 빨간불이 들어왔다. 우리는 숨을 죽이며 빨리 주유소가 나타나기만을 초조하게 기다렸다. 다행히 한참 만에 멀리서 반짝이는 불빛이 보였다. 우리는 그제야 안도의 숨을 쉬었고 남편은 극도로 조심스럽게 천천히 운전했다. 그런데 그런 상황 속에서 한심하게도 나는 어렸을 적에 읽었던 전래동화가 떠올랐다. 한양으로 과거 시험을 보러 가던 선비들이 밤에 산속에서 불빛을 보고 따라갔다가 여우에게 홀리거나 도깨비나 마귀할멈에게 당한 이야기. 나는 은근히 겁이 났다.

그러나 우리는 작고 아늑한 샬레■스위스 알프스 지역의 전통 목조 산장에 안전하게 도착했고 옆에는 주유소도 있었다. 주인 아주머니는 밤이 늦었는데도 큰 쟁반에 빵, 치즈, 햄을 푸짐하게 담아 와서는 요기를 하라며 웃어 보였다. 긴장이 풀리자 배고픔이 몰려와서 우리는 부모 자식 간의 양보나 배려도 없이 순식간에 다 먹어치워 버렸다.

다음 날 다시 차를 타고 인터라켄을 향해 출발했다. 아침부터 비가 오기 시작하더니 캠핑장에 도착해서도 비는 계속해서 내렸다.

우리는 빗속에서 텐트를 쳤고 추워서 덜덜 떨며 라면을 끓여 먹었다. 라면의 이름도 기억나지 않지만 세상에서 제일 맛있는 라면이었다. 계속되는 빗속에서 춥고 바닥에 습기도 많았지만 피곤했던 탓에 우리는 모두 곯아 떨어져 버렸다.

아침에 일어나 보니 언제 그랬었냐는 듯이 비는 그치고 맑은 날씨였다. 따뜻한 햇살 아래, 맑고 새파란 호수 주변 경치가 그대로 반사되어 그림처럼 아름다웠다. 뭐라고 묘사하기 어려운 투명한 파란색을 마주 대하고 보니 내 마음도 덩달아 맑고 깨끗해질 수밖에 없었고 전날의 추위와 두려움은 씻은 듯이 자취를 감춰버렸다.

우리는 융프라우요흐로 올라가기 위해 산악열차를 탔다. 그런데 타자마자 석이가 나를 쿡 찔렀다. 어떤 아시아인이 장갑처럼 생긴 발가락 양말을 신은 채 앞좌석에 두 발을 올려놓고 편안히 의자에 기대어 앉아 있었다. 나와 아이들은 그 광경에 기겁을 하여 되도록 그 사람과 멀리 떨어진 곳에 자리를 잡았다. 혹시라도 그가 한국말로 말이라도 걸어올까 두려웠다. 그는 말을 걸지는 않았지만 우리를 보고 엷은 미소를 지었고 나는 얼른 고개를 숙였다. 기차에서 내리기까지 계속 조마조마 마음이 불안했다. 다른 관광객들은 어이없다는 듯이 그 사람에게 눈총을 주거나 아예 외면했다. 산악열차에서 내려서 보니 다행히 그는 이웃 나라 사람이었다. 안도의 숨은 쉬었지만 아름다운 풍경을 편안한 마음으로 즐기지 못한 것이 속상했다.

벨기에에서는 덴마크에서 함께 근무했던 가족을 만나서 기쁜 시간을 보냈다. 벨기에의 유명한 홍합탕을 맛있게 먹고, 헤어지기 아쉽다며 그분들은 굳이 멀리 떨어져 있는 주차장까지 우리를 배웅해 주셨다.

그런데 주차장에 와보니 우리 차의 창문이 열려 있었다. 황급히 차 문을 열어보니 카세트 기계가 있었던 자리가 텅 비어 있었다. 그래도 천만다행으로 아이들의 보물인 카세트테이프는 바닥에 떨어져 있었다. 노래 제목도 귀여운 요술공주 밍키, 들장미 소녀 캔디, 은하철도 999, 로보트 태권 V, 달려라 하니, 미래소년 코난, 마징가 Z 등 아이들이 좋아하는 노래인데 잃어버렸다면 정말 큰일 날 뻔했다. 하지만 런던으로 돌아가는 길에는 아쉽게도 이 노래들을 들을 수 없었다.

파리에 도착한 우리는 1980년 모리타니 부임 당시 남편과 헤어졌던 그곳, 그 작은 호텔을 일부러 찾아갔다.

기찻길 옆 오래된 낡고 작은 호텔에서 하루 저녁 묵고 나서 남편은 아침에 모리타니로 떠나고 나와 석이는 오후에 서울행 비행기를 타기로 되어 있었다. 남편이 아침 일찍 방에서 나간 뒤 석이는 얼른 테라스로 나가 기둥에 매달려서 계속 아빠를 불렀고 남편은 자꾸 뒤를 돌아보며 손을 흔들었다. 마치 50~60년대 신파 영화의 한 장면과도 같이.

낯설고 생소한 나라로 혼자 떠나던 날, 남편은 나와 석이에게 몇 번이나 미안하다고 말했다. 나는 서울에 두고 온 갓 태어난 주야 걱정으로 남편처럼 그다지 애절한 마음은 들지 않았고 나도 석이를 데리고 곧 모리타니로 갈 것이기에 덤덤했지만 남편은 자기 때문에 가족이 고생하게 되어 무척 힘들어했었다.

그런 이야기를 담고 있는 그 호텔 앞에 주야의 손을 잡고 서 있노라니 참으로 기분이 묘했다. 아직도 그전과 똑같은 모습인 호텔을 올려다보니 석이가 테라스 기둥을 잡고 한 손엔 크루아상을 든 채 아빠를 부르며 울던 모습이 생생하게 떠올랐다. 남편도 그때가 생각나는 듯 한참을 말없이 서 있었다. 나는 석이와 주야의 손을 꼬옥 잡았다.

다시 런던으로 돌아가는 중간에 룩셈부르크에서 잠시 멈췄다. 예정에는 없었지만 길가에 너무도 예쁘게 꾸며놓은 조그만 초콜릿 가게가 눈에 띄었다. 아주 어렸을 때 외국 영화에서 보았던 것과 비슷한 느낌의 가게였다. 영화 속에서는 하얀 레이스 앞치마를 두른 뚱뚱하고 마음씨 좋아 보이는 아주머니가 손님을 맞이하고, 어느 우아한 옷차림을 한 귀부인이 초콜릿을 고르는 장면이 있었다. 그때 나는 마치 달콤한 초콜릿 냄새가 느껴지는 듯했었다. 나중에 커서 그런 곳에서 꼭 초콜릿을 사고 싶었다.

일반적으로 유럽은 쉽게 변화가 이루어지는 곳이 아니고 대부분 옛것이 그대로 유지되는 경우가 많아서 나는 그 초콜릿 가게 앞을 지날 때 금방 내가 기억하는 영화의 장면과 비슷함을 알아차렸다.

나는 선물을 사야 한다고 우기며 남편에게 차를 세워 달라 하고 아이들과 함께 가게 안으로 들어갔다. 문이 열리자 달콤한 초콜릿 냄새로 인해 나는 황홀감에 빠져 버렸다. 역시 내가 예상했던 대로 아름다운 금발을 단정하게 땋아 올린 아주머니가 하얀 레이스 앞치마를 두르고 환하게 웃으며 우리를 반겼다. 단지 더 젊고 뚱뚱하지 않다는 차이만 있을 뿐이었다.

수십 년이 지나 내 기억 속에 있던 영화의 한 장면이 그대로 실현되는 순간 마음속에 기쁨이 차올랐다. 나는 영화에서 보았던 그 우아한 귀부인처럼 초콜릿 몇 상자를 사 들고 나왔다. 비록 청바지에 셔츠 차림이었지만. 뒤에서 석이와 주야가 수군거리며 내 뒤를 따라 나왔다.

엄마가 좀 이상하다는 듯.

주위의 영국 지인들이 적극 추천했던 자동차 여행 motoring holiday to the continent을 잘 마치고 런던으로 무사히 돌아왔다. 우여곡절도 많았고 또 그만큼 즐거웠던 자동차 여행을 우리도 경험했다는 것이 뿌듯했다. 훗날 아이들도 이 여행을 떠올리며 잠시 그 추억에 잠기겠지. 그리고 어쩌면 제 가족과 함께 여행하며 그때의 이야기를 재미있게 들려주기도 하겠지.

∞

우리 집과 나란히 붙어 있는 옆집에 한국 가족이 새로 이사 왔다는 소식을 들었다. 인사를 나누려고 가보니 바로 남편의 고등학교 동창 가족이었다. 어떻게 이런 우연이……. 게다가 부인은 나의 고등학교 1년 후배였다. 마침 그 댁도 아들이 둘이었고 우리 애들과 비슷한 또래여서 이보다 더 좋을 수가 없었다.

하지만 우리의 런던 생활이 거의 끝날 무렵이어서 그

리 오랜 시간을 함께 나누지 못한 것이 정말 섭섭하고
안타까웠다.

∞

어느덧 런던에서의 생활도 많이 익숙해졌고 아이들도
처음처럼 힘들어하지 않았다. 주말이면 시내에 있는 박
물관들을 찾아다니고 석이가 특히 관심을 가지고 있던
'폐허가 된 성'도 많이 찾아갔다. 색다르게 보였던 집집
마다 지붕에 몇 개씩 솟아 있는 굴뚝들, 구조가 거의 비
슷한 옛날 집들의 유리창가 커튼 밑으로 보이는 아기자
기한 물건들, 예쁘게 꾸민 손바닥만 한 정원 등이 이제
는 무척 정겹게 느껴졌다.

낯선 나라에 처음 발을 디딜 때는 황당하고 앞이 캄
캄했지만 생각과 관점을 긍정적으로 바꾸려고 노력하
다 보면 늘 새로운 길이 열리고, 주위에 도와주는 좋은
사람들이 꼭 있었다. 하지만 어렵게 적응하여 살 만하면
이별은 어김없이 찾아오고 떠나야 하는 것이 외교관의
삶이다. 남편은 서울로 발령이 났고 우리는 또다시 짐을

꾸렸다.

안녕, 2층 버스, 멋진 검정 택시!

안녕, 런던, 니키, 로빈!

워싱턴 D.C.

런던에서 돌아온 아이들은 어느 때보다 훨씬 힘든 시간을 보냈다. 석이와 주야에겐 서울 생활도 어려운 적응 기간이 요구되는 또 하나의 외국 생활과 다름이 없었다. 모든 것을 새롭게 시작하고 빨리 적응해야 하는 늘 반복되는 과정. 게다가 학년이 높아지면서 처음 대하는 과목이 생겼고 기초가 제대로 되어 있지 않은 주요 과목들은 도저히 따라가기가 힘들었다. 학교 폭력도 있었다. 곧 괜찮아질 거라는 말은 아이들에게 더 이상 위로도 되지 않았다. 석이와 주야는 이젠 체념이라도 한 듯이 불평도 하지 않고 덤덤해 보여 그것이 오히려 걱정스러웠다. 그래도 다행히 옆에서 도와주는 친구들이 점차 생겨나면서 아이들은 활기를 되찾았다.

하지만 우리는 아직도 가야 될 남편의 임지가 남아 있었고 결국 또다시 그 시간이 찾아왔다. 이번엔 미국이었다. 아이들은 아무 말 없이 자신들의 짐을 꾸렸다.

∞

우리 가족은 버지니아주 매클레인에 집을 구했다. 집을 구경하고 나오다가 내가 어이없이 현관 앞에서 엉덩방아를 찧는 바람에 이 집과 인연이란 생각이 들어서 그냥 정해버렸다. 마침 집주인도 외교관이었고 그 당시 슬로바키아 대사로 재직하고 있었다. 집주인도 예전에 덴마크에서 근무한 경험이 있어서 의외로 친근감이 들었다. 집을 보자마자 관리가 아주 잘된 느낌이 들어서 우리 네 식구는 모두 마음에 들어 했다.

처음 입주하던 날 깨끗하게 청소된 냉장고 안에 와인한 병이 있었고, 환영 메시지와 함께 분홍 튤립 꽃병이 탁자에 놓여 있는 것이 아주 인상적이었다.

우리 집은 약간 언덕 위에 있었는데 주변 집들도 깔끔했고 전체적으로 동네 분위기가 좋아 보였다. 나는 특히 부엌이 마음에 들었다. 식탁에 앉아서 밖을 내다보면 창문으로 꼬불꼬불한 길이 보였다. 그 길을 따라 걸어 내려가면 오른쪽에 슈퍼와 세탁소, 책방과 약국 그리고 작은 중국 음식점이 있는 동네. 세탁소는 한국분이 운영하고 계셨는데 나는 그곳에 가는 것이 마치 친한 친구라도 만나러 가는 듯이 즐거웠다. 항상 반겨주시는 그분들과 잠깐씩 이야기를 나누는 것이 너무도 좋았다.

우리 집 뒤에는 조그만 마당이 있었는데 봄이면 색색가지의 아젤리아가 꽃구름처럼 흐드러지게 피었다. 남편은 뒷마당이 아스팔트로 되어 있어서 이 집을 더욱 마음에 들어 했다. 왜냐하면 농구를 할 수 있어서였다. 결국 집주인에게 허락을 받아 기어코 농구대를 설치하고야 말았다. 농구를 놓아했던 남편은 3년 내내 틈만 나면 아이들과 농구를 했다. 때로는 이웃들이 시끄럽게 느꼈을 법한데 미국은 역시 가족 중심의 나라이고 스포츠를 즐기는 것이 생활화가 되어 있어서인지 아무도 불평하지 않았다.

그럭저럭 잘 적응하며 지내고 있다고 생각하던 중 나는 뜻밖에도 암에 걸리고 말았다.

∞

마침내 수술을 받기로 한 날, 나는 새벽부터 일어나서 우선 아이들 방으로 갔다. 자는 모습을 바라보니 아기 때나 마찬가지로 지금의 10대 사춘기에도 천사와 같은 모습이었다. 심지어 아직도 방 안에서 젖내가 나는 것 같았다.

'혹시 내게 무슨 일이 생기면 이 아이들은 어쩌나…….'

큰애와 작은애의 방을 차례로 돌아보고 나는 부엌으로 갔다. 조리 도구들, 그릇들을 조용히 어루만졌다. 어쩌면 나는 다시 이 부엌에서 이것들을 사용하지 못할지도 모른다는 생각이 들자 왈칵 눈물이 솟았다.

남편은 공교롭게도 이날 우리나라 대통령의 미국 방문 행사 관계로 새벽에 일찍 출근해야 했기에 친구가 나를 병원에 데려다주기로 했다. 나는 잠시 시간의 여유가 있어서 식탁에 앉아 유리창을 통해 꼬부랑길을 내려다보았다. 그리고 부엌을 다시 한번 돌아본 후 입원 가방을 들고 집을 나섰다.

수술 도중 약간의 문제가 발생해 출혈이 많았지만 나는 수혈을 거부했다. 그리고 3일 만에 퇴원했다. 이제 조직검사 결과가 나오기를 기다리고 있는데 수술을 맡았던 의사에게서 전화가 왔다. 내가 전화를 받았는데도 의사는 남편과 통화하기를 원했다. 뭔가 불길한 예감이 들었다. 결과는 양성이었고 곧 재수술이 필요하다고 했다.

두려움에 빠진 나는 엄마에게 전화를 하고 싶었지만 여든이 넘으신 엄마에게 괜한 걱정만 끼쳐드릴 뿐이라는 생각에 잠시 멍하니 앉아 있다가 정신을 차리고 시카고에 살고 계신 큰언니께 전화를 했다. 누군가 내 혈육의 위로를 받고 싶었다. 그리고 2차 수술 전날 큰언니가 오셨다. 큰언니는 나와 20년의 나이 차이가 있어서 거의 엄마 같은 존재였다. 언니가 오시자 나는 마음이 훨씬 안정되었고 편안히 수술을 받을 수 있었다.

혹은 크기가 무척 컸지만 조직검사상 아주 초기여서

항암 요법을 하지 않고 완전 제거 수술을 받기로 했다. 내겐 정말 불행 중 다행이었다. 이보다 더 큰 행운이 있을까?

그러나 행운은 때로는 재앙을 동반하기도 하는 것 같다. 몸 상태가 나쁜 상황에서 2차 수술 후 감염이 되었고 진찰을 받으러 병원에 갔다가 집에도 못 오고 곧장 입원을 해야만 되었다. 그리고 열흘이 넘도록 염증 수치가 떨어지지 않아서 CT 검사기 위에서 꽤 오랜 시간 동안 염증을 찾아가며 처치를 받느라 죽을 고생을 했다. 더군다나 물은 안 되고 계속 얼음만 먹으라고 했다. 그런 중에도 이튿날부터 샤워하고, 걷기를 하라고 간호사가 계속 확인하여 어쩔 수 없이 따르다가 복도에 쓰러져 잠시 정신을 잃기도 했다.

그 힘든 시간을 큰언니가 함께하시며 극진히 보살펴 주셨고 서서히 회복되었다. 고생은 많이 했지만 그래도 화학요법을 받지 않은 것으로 나는 만족했다.

아픈 중에도 감명 깊었던 것은 대사관 부인들께서 병문안을 와주시고 우리 아이들을 위해 음식도 정성스럽게 만들어서 가져다주시는 등 신경을 많이 써주셨다는 것이다. 그리고 어떻게 알았는지 집주인인 러셀 대사와 세탁소 사장님께서 병원으로 꽃을 보내주셨다. 교회에서도 자주 찾아와 기도를 해주셨다. 몸은 정말 힘들었지만 가족과 주위 사람들의 사랑은 듬뿍 받은 따뜻한 시간이었다.

∞

우리 바로 옆집에는 프리실라 할머니와 인자하신 할아버지가 살고 계셨다. 입주하고 얼마 지나지 않아 할머니는 당신이 키우신 오이와 토마토를 들고 함박꽃 같은 미소를 띠며 우리 집을 찾아오셨다. 그 후부터 나는 할머니와 자연스럽게 친구가 되었다. 오이와 토마토는 사지 않아도 될 정도로 나눠주셨다. 어떤 날은 부엌 뒷문을 열고 내다보면 정원에 계시던 할머니께서 반가워하시며 잠깐씩 가벼운 이야기를 하는 재미도 있었다. 내가 세 번이나 병원에 입원하며 집을 비우는 동안 할아버지께서는 고장 난 문도 고쳐주시고 계속 관심을 가져주셨다. 나는 프리실라와 할아버지를 나의 부모님처럼 의지

했다.

그런데 어느 날 밖에서 사람들 소리가 들려서 내다보니 911 구급차가 사이렌을 울리며 서 있었다. 잠시 후 들것에 누워 계신 할머니가 보였고 구급차는 요란한 소리를 내며 떠나갔다. 갑작스레 펼쳐진 뜻밖의 상황에 나는 너무 기가 막히고 두려웠다.

다음 날 할머니 댁을 찾아가 조심스럽게 문을 두드리니 따님이 나와서 내 손을 잡고 울먹이며 할머니께서 심장마비로 돌아가셨다고 전해주었다. 그 말을 듣는 순간 어마어마한 고통과 상실감이 마음을 무겁게 짓눌렀다.

그런데 몇 주가 지난 후 이번에는 큰 트럭이 그 집 앞에 서 있고 사람들이 분주히 들락거리고 있었다. 불길한 예감이 들어 얼른 나가보니 할아버지께서 요양원으로 떠나시게 되었다고……. 그 말을 듣는 순간 두 뺨이 젖어왔다. 따님은 얼른 나를 껴안고 등을 다독여 주었다.

나와 우리 가족의 가장 가깝고 든든한 울타리 같았던 이웃을 이제는 영원히 볼 수 없게 되었다. 그리고 우리가 미국을 떠날 때까지 그 집 잔디에는 주택을 판매 중임을 알리는 팻말이 계속 꽂혀 있었다.

∞

    할머니가 돌아가시고 할아버지까지 요양원으로 떠나신 뒤로 옆집이 빈집이 되면서 나는 한동안 마음을 가다듬기 힘들었다. 그러다가 어쩌면 나도 암으로 인해 심각한 상황이 올 수도 있었지만 감사하게도 잘 회복이 되었으니 다시 찾은 소중한 시간을 그냥 흘려버리지 말고 적극적으로, 보람 있게 살아야겠다는 생각이 불쑥 들었다.

    우선, 아프기 전 몇 차례 참석했던 '웰컴 투 워싱턴 Welcome to Washington' 클럽에 열심히 나갔다. 그리고 너무 성급하게도 다음 달 모임 호스트는 내가 하겠다고 말해 버렸다. 그러나 뚜렷한 계획도 없이 충동적으로 결정한 탓에 약속한 날은 점점 다가오는데도 아무런 준비도 못 하고 있었다. 오히려 스트레스로 인해 병이 날 것 같아 너무도 후회스러웠다.

    그러던 중에 어느 리셉션에 초대받아 나갔다가 우연히 고등학교 동창을 만났다. 한 번도 같은 반을 했던 적은 없지만 오며 가며 마주쳤던 덕에 낯이 익은 H였다.

H도 희한하게 나를 알아보고 먼저 다가와 말을 건넸다. H가 그 당시 음악 박사 과정을 밟고 있다는 말을 듣는 순간 나는 귀가 번쩍 뜨이며 좋은 생각이 떠올랐다. 나는 H에게 우리 집에서 모임이 예정되어 있는 날에 여류 음악가에 대해 한 시간 정도 강의를 해줄 수 있는지 물었고 H는 고맙게도 긍정적인 반응을 보였다. 미국에서는 그해를 '여류 음악가의 해'로 정하고 있었다.

생각지도 못했던 H의 도움으로 나는 클럽 회원 20여 명과 우리 대사관 직원 부인 몇 분을 초대하여 처음으로 뜻깊은 시간을 가졌다. H는 패니 멘델스존과 클라라 슈만 두 여류 작곡가를 선택하여 음악을 들려주고 쉽게 설명하는 방식으로 진행했다. H의 강의가 끝나고 내가 정성스럽게 준비한 한국 음식을 모두 맛있게 먹었다.

남편이 참사관으로 워싱턴에 나가게 되자 나는 혹시나 집에 사람들을 초대할 일이 있을까 해서 고가구 몇 점을 짐에 넣었었다. 그런데 이런 한국적인 물건들이 그날 정말 빛을 발했다. 몇몇 사람들은 평상 위에 편하게 앉아서 차를 마시고 자개장롱과 병풍 앞에서 사진을 찍기도 했다.

어떤 회원이 자기 집 정원에 피어 있는 하얀 들꽃을 한 아름 품에 안고 와서 "오늘은 특별한 날"이라며 내 품에 가득히 안겨주었다. 그 순간 나는 아이들이 어렸을 때 내가 외출했다가 돌아오면 뛰어나와 "엄마" 하고 안기던 행복했던 기억이 떠올랐다. 그리하여 나는 잠시 아기꽃들이 엄마꽃 품에 달려드는 것 같은 착각에, 아니 행복감에 도취되었다.

∞

미국 의회 담당 참사관이었던 남편이 정무과 참사관으로 옮긴 후, 우리는 처음으로 국무부와 백악관에서 한국을 담당하고 있는 관리들을 집에 초대했다.

부부 동반으로 집에 초대하는 것은 밖에서 접대하는 것보다 초대받는 사람들에게는 더 의미가 있고 그런 만큼 아무래도 더 가까운 사이로 발전할 수 있다. 미국 사람들은 한식을 거의 다 잘 먹기 때문에 음식 준비에 전혀 부담이 없고 대하기도 편하다.

어떤 부인이 우리 집 고가구들에 관심을 보이며, 특히

언니가 빌려줘서 가져온 책장을 좋아했다. 그녀는 내게 미국을 떠날 때 그 책장을 팔고 가라고 계속 부탁했지만 언니의 물건이라 내 마음대로 할 수가 없다고 이해를 구했다.

모두가 편하고 재미있게 이야기하고 있는데 갑자기 내 오른쪽에 앉아 있던 M과장이 내 만둣국을 한 입 떠먹었다. 다행히 내가 아직 손을 대기 전이었다. 그는 계속해서 내 것을 먹었다. 나중에 그는 자기의 만둣국이 그대로 있는 것을 보고 자신의 실수를 알아차렸다. 나는 이렇게 말했다.

"당신이 만둣국을 좋아한다는 소문을 들어서 특별히 당신을 위해 두 그릇을 준비했으니 맛있게 드세요."

그는 만둣국 두 그릇을 깨끗이 비웠다.

∞

저녁 무렵, 처음 보는 동물이 데크에 앉아서 집 안을 들여다보고 있는 것이 눈에 들어왔다. 깜짝 놀라 소리를 지르니 석이와 주야가 달려왔다. 그런데 석이의 표정에는 놀람이 전혀 없었다. 나는 "또 너니?" 하고 물었다. 얼마 전부터 석이가 라쿤에게 음식을 주고 있었던 것이다. 니키, 로빈, 라쿤에 이르도록 석이 곁엔 늘 동물들이 있었다.

처음 대했을 때는 너구리 같아 보였다. 그전까지 한 번도 라쿤을 본 적도 없었고 마치 눈에다가 안경을 쓴 것처럼 보이는 이 동물의 이름도 몰랐었는데 어쩌다 우리 집 데크에서 첫 대면을 하게 되다니.

라쿤에 대해 전혀 아는 게 없던 나는 지인에게 전화를 했다. 그녀의 남편이 동물보호단체에서 자원봉사를 한다고 들었던 기억이 났기 때문이다. 그에게서 정보를 얻을 수 있을 것 같았다. 그는 자꾸 먹을 것을 주면 라쿤의 자생 능력이 떨어지게 되고 어쩌면 위험할 수도 있으니 외면하라고 했다.

우리는 저녁 무렵이 되면 아예 데크 쪽은 쳐다보지도 않고 불도 켜지 않았다. 숨어서 보니 며칠 동안은 라쿤이 계속 오다가 체념한 듯 더 이상 오지 않았다.

나는 혹시라도 라쿤이 갑자기 나타나서 해코지라도 하면 어쩌나 걱정했는데 그런 일은 일어나지 않았다. 라쿤을 의심했던 것이 오히려 미안했다. 미안해, 라쿤. 씩씩하게 잘 살아라.

∞

올해는 폭설이 내렸다. 워싱턴 근교 거의 모든 학교들에 휴교령이 계속 이어질 정도로 엄청나게 눈이 왔다. 석이와 주야는 학교에 안 간다고 좋아했고 나는 하루 종일 아이들에게 잔소리를 하게 되어 내심으로는 반갑지 않았다.

그런데 며칠 뒤 아이들은 처음과 달리 이젠 학교에 가고 싶다며 눈이 제발 그치길 원했다. 눈이 오면 늦잠도 자고 집에서 마냥 늘어져 있을 줄 알았는데 웬걸…….

남편은 아이들에게 삽을 하나씩 쥐여주고 계속 눈을 치웠다. 차를 쓰려면 차고에서부터 약간의 경사진 언덕을 내려가야 하는데 아스팔트 바닥에 열선이 깔려 있음에도 불구하고 워낙 눈이 많이 와서 도저히 차가 빠져나갈 수가 없었다. 제설차를 신청했지만 예약이 밀려서 언제나 가능할지 알 수 없는 일이었다. 식료품도 사 와야 하는 형편이라서 남편은 아이들을 데리고 허리까지 오는 눈을 부지런히 치웠고 동네 슈퍼까지 걸어가서 세 사람 모두 양손에 가득 장을 봐가지고 왔다. 양쪽 뺨이 빨개져서 돌아온 아이들은 젖은 양말과 옷가지들을 벗어 놓으며 불만스러운 표정을 지었지만 남편은 아랑곳하지 않고 틈만 나면 아이들을 데리고 나가 눈을 치웠다.

나는 한 번도 사용하지 않았던 1층의 무쇠 난로를 닦고 불을 지펴서 고구마와 감자를 구웠다. 추운 바깥에서 눈을 치우고 들어와서 따뜻한 난롯가에 앉아 먹는 군고구마는 정말 꿀맛이었을 것이다. 난로 하나 피움으로써 집안 분위기는 다시 회복되었다. 아이들은 따뜻한 난로 주위에서 다시 명랑해졌고 자기들 방이 아닌 난롯가에서 책도 읽고 드러누워 뒹굴뒹굴하기도 했다.

마침내 제설차가 와서 길이 열리고 마당도 깨끗해졌지만 우리 네 식구는 얼굴에 뭔가 조금 아쉬움이 남는 표정이었다. 폭설 가운데 누렸던 뜻밖의 즐거움을 잃었기에……. 그러나 딱 적당했던 것 같다. 싫증보다는 아쉬움이 훨씬 나으니 말이다.

∞

　석이가 대입 준비를 위해 한국으로 떠나기 전, 우리
는 야드 세일yard sale을 했다. 무빙 세일, 거라지 세일 등
으로 말하기도 하는데, 각 가정에서 이사를 앞두고 짐을
줄이거나 더 이상 사용하지 않을 물건들을 정리하기 위
해 집 마당이나 차고에 진열해 놓고 싼값에 판매하는 것
이다. 우리도 아이들 옷, 책, 기념품, 그릇 등을 추려서
깨끗이 손질하여 뒷마당에 펼쳐놓았다.

　그림을 잘 그리는 석이가 종이 상자 한 귀퉁이를 뜯어
즉석에서 재미있는 안내판을 만들어 동네 어귀의 슈퍼
앞에 가져다 놓았다. 사람들이 별로 오지 않을 것 같았
던 걱정과는 달리 아침 일찍부터 오후 4시까지 한두 사
람씩 또는 가족끼리 와서 조용히 구경하고 구매하는 모
습이 인상적이었다. 세일을 한다면 일반적으로 복잡하
고 시끄러울 거라고 생각했는데 전혀 그렇지 않고 평화
로웠다.

　나는 진열해 놓았던 물건을 꽤 많이 팔았다. 어떤 사
람은 한국 장식품이 있냐고 묻기도 했다. 마침 선물용으

로 남대문시장에서 구입해 온 작은 물건들이 남아 있어서 내놓았더니 모조리 다 팔렸다.

처음에는 팔려 나가는 정든 물건들을 보며 마치 우리 가족의 역사가 그리고 그 물건들에 얽힌 이야기들까지 함께 사라지는 것 같아 섭섭했고 괜한 짓을 한 건 아닌지 후회스럽기도 했다. 하지만 우리 가족과 오랜 세월 함께했던 소중한 물건들이 장래에 짐(가족의 소유물)이 아닌 짐(골칫거리)으로 되는 것은 더 가슴 아픈 일이기에 미련을 갖지 않기로 했다. 부디 따뜻한 가정으로 가서 또다시 누군가의 사랑을 받길 바라며 나는 마음속으로 그것들과 작별 인사를 했다.

∞

내일이면 석이가 서울로 떠난다. 나는 뒷마당 아스팔트 위에서 농구공이 '탕탕' 활기차게 튀기는 소리를 들으며 부엌에서 정성껏 저녁 준비를 했다. 우리 네 식구가 미국에서 함께하는 마지막 저녁 식사.

이제는 남편과 아이들이 저 손바닥만 한 농구대 밑에

서 떠드는 소리도, NBA를 보며 시끄럽게 응원하는 소리도 들을 수 없게 되겠지. 어딘가 한 부분이 비어 있는 듯한 느낌이 들겠지. 석이가 없으면 워낙 말수가 적은 주야는 더 조용해지겠지.

∞

석이가 서울로 떠나고 나서 6개월 뒤, 우리는 미국에서의 3년 근무를 마치고 다시 한국으로 돌아가게 되었다. 결국 워싱턴 D.C.에서의 2년 6개월이 우리 네 식구가 함께한 마지막 외국 생활이 된 셈이다.

나는 지난 3년간 우리 가족을 따뜻이 품어준 이 정든 집을 고마운 마음으로 찬찬히 둘러보았다. 아이들이 뛰어다니던 층계, 하루에도 몇 번씩 들락거리던 부엌, 생일 축하 노래를 부르던 식탁이 있는 아담한 식당, 웃음소리, 다투는 소리 그리고 2층에서 뒷마당을 내려다보며 빨리 밥 먹으러 올라오라고 고함치던 내 목소리까지 들리는 듯했다.

남편은 역시 뒷마당 농구대가 있던 자리에 한참 서 있

었다. 주인과의 약속대로 농구대는 며칠 전 다른 집으로 떠나고 그 자리는 깔끔하게 원상 복구 된 채였다.

이제 워싱턴을 떠나면 당분간은 서울에서 네 식구가 함께 살겠지. 그러나 머지않아 석이도 주야도 각기 자기들의 길을 찾아가게 될 것이다. 군대도 가야 하고, 유학을 갈 수도 있겠고……. 그리고 남편과 나도 무거운 책임과 의무를 등에 업고 또 새 임지로 떠나게 될 것이다. 아무쪼록 그때까지 후회 없는 서울 생활을 하도록 최선을 다해야겠다고 다짐하며 정들었던 집을 나섰다.

뉴델리

석이는 대학 2년을 마친 뒤 입대했고 주야는 대학생
이 되었다. 나는 곧 헤어질 아이들과 조금이라도 더 좋
은 시간을 가지려고 애를 썼다. 동생이 없는 나는 아이
들이 때로는 동생 같기도 했고 친구 같기도 했다. 석이
는 다정한 아이라서 항상 집안 분위기를 밝고 따뜻하게
했고, 주야는 과묵하고 점잖아서 균형이 잘 이루어졌다.
힘들고 외로운 외국 생활에서 아이들은 내게 큰 의지가
되어주었는데…….

∞

남편이 인도 주재 한국 대사관의 대사로 발령이 났다. 마침내 우리 가족은 각기 자신의 길을 따라 흩어지게 되었다. 석이는 전역과 동시에 미국으로 유학을 떠났고 주야도 학교 근처로 독립을 했다.

아이들과 헤어져서 외국으로 나가게 된 것도 섭섭한데 이제는 공관장이 되었으니 여러 가지 준비할 것들은 물론이고 온갖 근심 걱정으로 나는 잠을 이루기 힘들었다. 지금까지는 내가 맡은 일만 하면 되었는데 대사 관저의 살림과 크고 작은 일을 함께 아울러야 할 테니 정말 나의 능력이 모자라도 한참 모자란 것 같았다. 게다가 편찮으신 엄마와 헤어질 생각까지 더해져 걱정이 태산이었다.

∞

뉴델리로 출국하는 날이 밝았다. 아침 일찍 엄마를 찾아뵙고 공항으로 출발했다. 이번에는 지금까지와는 다르게 남편과 나는 모두 정장을 차려입고 비행기에 탑승

했다.

일곱 시간 정도 지나고 비행기가 뉴델리 공항에 착륙한 순간 남편과 나는 약속이라도 한 듯이 서로 쳐다보았다. 잠시 아무 말 없이 바라만 보다가 남편이 입을 열었다.

"잘해봅시다."

∞

공항에는 공사님 내외분과 함께 인도 측에서 몇 사람이 나와 우리를 맞아주었다. 이번에도 전에 근무했던 다른 나라들과 마찬가지로 입국장으로 나오는 그 길에서 이 나라만의 개성이 금방 느껴졌다. 냄새, 언어, 분위기 등. 어쩌면 이렇게 비행기에서 내리고 나면 나라마다 그 나라의 특징이 공항에서부터 느껴지는지 참 신기한 일이다.

∞

나에게 대사 관저라는 곳은 항상 어렵고 멀고 불편함

만 느껴지던 곳이었는데 이제부터는 거기서 살아야 한다고 생각하니 무척 긴장되었다.

밤늦게 도착했기 때문에 가로등이 적은 길거리는 무척 어둑했다. 안개가 낀 것처럼 정돈되지 않은 복잡한 느낌이 들었고 사람들의 짙은 갈색 피부와 어우러져 도시 전체가 어두운 인상을 주었다.

두근거리는 마음으로 좌우를 살피며 가고 있는데 멀리서 태극기가 보였다. 그때의 기분은 마치 길을 잃고 두려움에 떨던 어린아이가 저 멀리서 두 팔을 벌리고 달려오는 엄마를 만난 상황과 같은 것이었다.

∞

뉴델리에 있는 한국 대사 관저는 40여 년 전에 당시 대사님께서 과감하게 이루어놓으신 대사관과 관저가 함께 있는 곳이다. 지금은 부동산 가격의 상승으로 도저히 그런 규모의 건물을 마련할 수 없으니 미래를 예견하신 그분의 노력과 과감한 도전을 수시로 느끼며 존경과 감사한 마음을 가지고 살았다. 관저에서 행사가 있을 때마다 방문하는 인도인들이나 외교단 모두 관저의 규모와, 한국의 전통을 세심하고 독특하게 살린 건축물에 대해 놀라워하고 감탄했다.

∞

생애 처음으로 대사 관저에서 잠을 자고 아침에 일어나니 앞으로 헤쳐나가야 될 일들이 문득 떠올랐다. 관저에 근무하는 현지 직원들은 모두 남자들인데 앞으로 그들과 어떻게 잘 소통하며 잡음을 일으키지 않고 지낼 수 있을지 앞이 캄캄했다. 관저의 규모가 큰 만큼 살림의 규모도, 부엌의 규모도 엄청나게 컸다. 그래도 천만다행인 것은 서울에서 올 때 윤 셰프를 소개받아 함께 온 것이었다. 남자만 있는 관저에서 현지인 직원들과 맞춰나가기에는 남자 셰프가 있는 것이 든든하니 큰 의지가 되었다.

∞

관저에서의 삶을 파악하고 인도 직원들의 성향에 대해 나 나름대로 감을 잡는 데 한 달 정도 걸린 것 같다. 그래도 내가 20대 때부터 여러 공관을 거치며 차근차근 여기까지 온 것이 큰 경험으로 도움이 되었고 무엇보다 해외 공관에서 모셨던 선배님들이 잠재적으로 자연스럽게 나의 스승이 되어주셨다. 서기관부터 시작해서 한 계단씩 올라가며 안팎으로의 경험을 쌓아온 것이 정말 중요하고 꼭 필요한 일이었다는 것을 새삼 깨달았다. 또한 내가 멋모르고 겪었던 여러 가지 어려움이 있었기에 후배들의 어려움도 이해할 수 있었다. 좋았던 일이나 힘들었던 일이나 결과적으로는 모두 필요하고 도움 되는 것이었다는 생각이 들었다.

∞

관저에는 남편이 늘 키워보고 싶다던 독일셰퍼드 두 마리가 있었다. 원래는 세 마리였는데 심술궂은 럭키를 남편이 다른 곳으로 보내고 소니와 소니아 부부만 키우기로 했다.

소니는 착하지만 소니아처럼 지혜롭지는 않고 식탐이
많고 아주 짓궂었다. 저녁에 똑같이 밥을 주면 소니아는
음식엔 별로 관심이 없는 반면 소니는 소니아가 안 보는
틈에 소니아의 밥그릇에서 뼈다귀를 슬그머니 자기 그
릇으로 옮기는 능청을 떨어 모두를 웃게 만들었다. 자기
아내의 밥을 훔쳐 먹다니 참으로 어처구니가 없긴 해도
정말 귀여웠다. 소니아는 아주 똑똑해서 우리가 언제 어
디서 저녁을 먹는지 알고 있었다. 그래서 남편이 퇴근하
면 미리 방 밖의 창가에 가서 기다리고 있었다. 그런데
내가 아무리 예뻐해도 나한테는 건성으로 꼬리만 대충
흔들어줄 뿐 일편단심 남편만 좋아했다. 나는 심술이 났
지만 그래도 소니아가 나를 자기 주인의 아내라고 예의
상 대접은 해주는 것으로 만족해야 했다. 다로에서 시작
해 자야 그리고 소니아에 이르기까지 나는 강아지들에
게 찬밥 신세였다. 남편에게 강아지들의 사랑을 빼앗겨
버렸다.

∞

인도에 도착해서 며칠이 지난 후, 남편과 나는 자동차에 태극기를 달고 신임장 제정식에 참석하기 위해 대통령궁으로 갔다.

그러나 바로 그날 아침에, 나는 엄마가 패혈증의 위험으로 고령임에도 불구하고 어쩔 수 없이 수술을 받고 계신다는 전화를 받은 상황이었다. 90세의 뼈만 앙상한 엄마가 전신마취 상태로 수술대에 누워 계시는 것을 생각하니 비록 좋은 날이었지만 어찌 좋을 수가 있었겠는가.

리셉션이 열리는 연회장에서 사람들을 피해 혼자 서 있는데 어느 젊은 부인이 다가와 자기소개를 하며 악수를 청했다. 그때 나는 눈가가 약간 젖어 있었는데 내 상황을 이야기하자 그녀도 눈시울을 붉히더니 내게 물을 가져다주었다. 그 후로 샐리는 서로 마음을 터놓고 이야기할 수 있는 절친이 되었다. 그녀는 호주인인데 외교관인 남편을 따라 인도에 오게 되었다. 샐리는 나처럼 눈물이 많았다. 내게 무슨 일이 생기면 도와주려고 애썼고 가끔 릭샤▪인도의 삼륜 택시를 타고 와서 차를 마시며 놀다 가곤 했다. 나보다 10여 년 정도 나이가 적지만 체격이 크고 점잖아서 오히려 언니처럼 내가 의지할 수 있는 상대였다. 우리가 인도를 떠나기 전에 열렸던 이임 리셉션에 남편과 함께 참석해 준 샐리는 소설책 두 권을 내게 선물했고 나는 인천공항에서 샐리에게 주려고 구입한 귀여운 자수정 목걸이를 건넸다.

인도에 오기까지 거쳤던 나라들마다 나는 매번 나를 도와주고 함께해 주는 좋은 사람들을 만난 행운아였다. 그들은 어딘가가 항상 부족하고 빈틈이 많은 나를 도와주라고 하늘에서 파견한 천사들같이 옆에서 용기를 북돋아 주었고 생각지도 못했던 도움을 주는 등 참으로 고마운 사람들이었다.

∞

인도에 연구차 온 한국의 젊은 미래의 학자들이 몇 분 계셨는데 그분들이 매주 인도에 거주하는 한국인들을 대상으로 대사관의 강당 겸 주 회의실로 쓰는 방에서 인도의 역사와 문화 전반에 걸쳐서 강좌를 이어가고 있었다. 인도 문화에 관심이 많았던 나는 매주 그 강의를 듣는 일이 큰 기쁨이었다. 또 잠깐의 휴식 시간에 관저에서 준비한 간식을 먹으며 웬만해서는 만날 기회가 별로 없는 한국분들과 소소한 이야기를 나누는 일이 즐겁고 보람되어 나는 그날을 손꼽아 기다렸다.

다양하고 복잡한 그리고 찬란한 인도 문화에 대해 전문가들의 신선한 강의를 인도 현지에서 듣는다는 것은 정말 행운이었다.

∞

인도 사람들은 동물을 학대하지 않는다. 거리에 개들이 많이 다녀도 그들을 괴롭히는 사람을 보지 못했다. 아마도 힌두교의 영향인 것 같다.

길에 가난한 사람들이 많지만 비록 구걸을 할지라도 마지막 자존심은 지키는, 자존심이 강한 국민으로 느껴졌다.

전통적으로 내려오는 신분제도에 따른 사회적인 계급의 차이가 아직도 뚜렷이 존재하고 영원히 소멸되지 않을 것으로 보이지만 상류층 사람들 중에는 학문적으로나 지적으로나 상당한 수준을 갖추고 있고 하층계급의 사람들에게 인격적으로 부드럽게 대하는 모습도 많이 볼 수 있었다. 우리가 잘 아는 인도의 어느 소프트웨어 회사 대표는 자동차를 탈 때 뒷자리가 아닌 기사의 바로 옆자리에 타고 다녔다. 물론 그런 일은 상당히 예외적인 것이긴 하지만 엄격한 계급사회인 인도에서 아주 밝고 긍정적인 모습으로 느껴졌다.

∞

인도에 있는 동안 가장 기뻤던 일은 언니들의 방문이었다. 우리는 평소에 자매 여행을 가자고 늘 벼르기만 하다가 결국 흐지부지됐는데, 비록 모두 함께 만나지는 못했지만 밤늦도록 옛날이야기도 하고 두고두고 잊지 못할 시간을 가졌다. 부모님을 모실 수 없는 나였기에 언니들의 방문이 더욱 뜻깊고 소중했다. 마음 같아서는 다섯 남매가 한꺼번에 모였으면 하는 바람이었지만 각자의 사정도 있고 편찮으신 엄마를 교대로 지켜야 했기에 불가능한 일이었다.

∞

    인도에 와서 처음으로 시장에 갔을 때는 몰려드는 파리 떼와 짐을 들어주겠다는 소년들의 성화에 정신이 하나도 없었는데 자주 가다 보니 아주 재미있는 곳이었다. 처음엔 낯설게 느껴지던 갖가지 향신료들, 생선 가게 바닥에 널브러져 있는 생선들, 정신없게 만드는 파리 떼들도 익숙해지고 말았다. 오히려 시끄럽고 복잡하고 때로 황당하게 보이는 상황이 삶의 활력이 넘치는 현장으로 다가왔다.

    차를 타고 거리에 나가면 어떤 때는 중앙선도 없이 소나 수레나 사람이나 길거리를 배회하는 개들이나 교묘히 잘도 지나다니고 있어서 재미있고 신기했다. 무질서 속에서도 그들 나름대로의 질서는 지켜지고 있는 듯했다. 또한 어디서 조금만 일이 생겼다 하면 순식간에 사람들이 나타나 빙 둘러서서 구경을 하는 모습도 아주 재미있고 사람 사는 세상답게, 정겹게 느껴졌다.

∞

인도 음식은 내 입맛에 정말 잘 맞았다. 인도에 오기 전까지 전통 인도 음식을 먹어본 적이 없었는데도 전혀 낯설지 않았다. 사람에 따라서 특이한 향이 나는 인도 음식을 다소 부담스러워하기도 하겠지만 그것이 인도 음식의 매력이란 생각이 든다.

나는 마치 오래전부터 인도 음식을 먹고 살았던 사람처럼 향신료에 대한 거부감도 없었고 인도 사람들처럼 손으로 먹는 것을 더 좋아했다. 접시에 밥알 하나도 남기지 않고 손으로 맛있게 먹는 것을 보고 남편은 뉴델리에 오게 된 것이 나로 인한 것 같다며 웃었다.

∞

우리나라 대통령의 인도 국빈 방문으로 인해 대사관 전체가 온통 긴장 상태였다. 나도 처음 치르는 큰 행사였기 때문에 직원 부인들과 우리가 해야 할 일들을 의논하고 준비했다.

드디어 대통령 내외분께서 도착해서 공식 환영식과

국빈 만찬이 있는 날. 나는 바짝 긴장하여 단정하게 옷을 갖춰 입고 시간에 늦지 않기 위해 서둘렀다. 현관에서 신발을 신으려고 하는데 갑자기 무언가가 내 정수리에 떨어졌다. 이상한 느낌에 얼른 복도에 걸린 거울을 보니 작은 도마뱀이 내 머리 위에 앉아서 거울 속의 나를 쳐다보고 있는 게 아닌가. 소리소리 지르며 뛰어나가니 관저 직원이 놀라서 달려왔다. 내 설명을 다 듣고 난 그는 도마뱀도 놀라서 이미 도망갔다고, 인도에서는 도마뱀이 머리 위에 떨어지는 것이 큰 행운의 징조라며 웃었다. 마음 같아서는 다시 머리를 감고 옷도 갈아입고 싶었지만 도저히 그렇게 할 여유가 없어서 찜찜한 채로 그냥 갈 수밖에 없었다.

그런데 도마뱀 때문이었던가? 행사장에 도착하자 인도 측에서는 갑자기 내게 영부인을 모시고 같이 차를 탈 것을 요구했다. 게다가 영부인께서 차에서 내리셔서 곧바로 대통령궁의 환영식 단상에 오르셔야 하니 나더러는 뒷좌석 왼쪽 자리에 앉으라고 하였다. 인도는 운전석이 우리나라와 반대이고 그래서 뒷자리 왼쪽이 상석이다. 나는 예정에 없이 발생한 이 상황에서 반론을 제기

할 처지도 아니었고 인도 측에서 의전상의 일이라며 요청하니 따를 수밖에 없었다.

곧이어 내가 탄 차는 백마를 타고 옛 무굴제국의 군복을 입은 기마대의 기가 막힌 호위를 받으며 대통령궁 안으로 서서히 입장했다. 마치 내가 무굴제국 시대에 살고 있는 듯한 착각이 들 정도로 근엄하고도 황홀한 광경이었다. 의전상이라는 이유만으로 감히 나 같은 사람에게 일어날 수 없는 일을 경험한 것이다. 비록 극히 짧은 시간이긴 했지만.

문득 창밖을 내다보니 남편이 다른 관계자들과 함께 차렷 자세로 길에 서 있었다. 나는 마음속으로 '고마워, 도마뱀' 하며 엷은 미소를 지었다.

그리고 지금까지도 내가 왜 그때 굳이 그 차를 타야 했는지 나는 물론이고 남편도 모른다. 오직 도마뱀만이 알았을까. 그러나 그 이후로도 나는 도마뱀과 친해지지 못했다.

정상회담이 끝난 뒤 곧이어 대통령궁에서 만찬 행사가 있었다. 화려하지 않은 넓은 방, 긴 식탁에 깔끔하게 인도 전통 음식이 차려졌다.

무엇보다도 인상적이었던 것은 식사 시간 동안 2층 작은 무대에서 조용하게 흘러나오던 인도 음악이었다. 열 곡의 음악은 마음을 차분히 가라앉히는 영적인 울림을 주었다. 이름도 잘 모르는 생소한 전통 악기로 연주되었으나 듣기에 전혀 낯설지 않고 오히려 편안하고 친근하게 다가왔다. 사람들의 대화를 방해하지 않으면서도 좋은 분위기를 이끄는 연주를 들으며 만찬을 잘 마칠 수가 있었다.

∞

인도에서는 'SHOM'이라는 대사 부인들의 모임이 있었다. 매달 돌아가며 각 나라 대사의 관저에서 준비한 주제로 이야기를 나누거나 문화를 소개하고 간단히 점심을 함께 했다. 당시 모임의 회장은 한국 근무를 마치고 인도로 부임한 대사 부인이었는데 내게 연락을 해 왔다. 내 차례가 되면 한국의 건강식에 대해 소개를 해주면 좋겠다고. 마침 한국 근무를 했던 멕시코와 튀니지 대사 부인도 있었는데 그들도 원하고 있다는 말까지. 나는 꼼짝없이 승낙할 수밖에 없었다.

당시 우리나라에서는 건강식에 관심이 많아져서 대학 교수를 비롯해 요리 연구가와 의사들까지 TV에 출연하여 다양한 건강식 재료들과 음식을 소개하고 있었다. 그런 터라 한국 근무를 마치고 인도에 온 대사 부인들이 자연히 건강식에 관심을 갖게 된 것이다. 그들은 이미 한국에서 여러 전통 한식당이나 대중식당에도 다녔고 정말 한식을 좋아했다.

나는 고민하다가 시카고에 사는 큰언니가 실제로 자신의 식단을 건강식으로 해나간다는 소식을 듣고 언니에게 도움을 청했다. 언니는 온 정성을 다해 전문가처럼 준비해서 나를 도와주었다. 언니의 도움과 그동안 내가 접했던 건강식들을 토대로 간단하게 설명을 한 뒤 소개했던 재료나 성분에 따라서 점심을 준비하여 그런대로 잘 마칠 수가 있었다.

나로서는 전혀 계획도 없었고 꿈도 꾸지 못한 일이었지만 다른 사람들에 의해 떠밀리듯이 이루어진 뜻밖의 결실이었다.

∞

    인도에는 아름답고 웅장하고 때로는 신비스럽기까지 한 건축물들이 많았다. 처음엔 정교하고 독특한 건축물들에 감탄하고 매료되기도 했었지만 어느 때부터인가 갑자기 부담스러운 마음이 들기 시작했다. 어렸을 적 영화에서 본, 강제 노역에 시달리며 고통을 당하던 백성들의 모습이 떠올랐고 그들의 아픔이 생생하게 느껴지는 듯했다. 뜨거운 햇볕 아래에서 제대로 먹지도 입지도 못한 사람들이 노동을 강요당하던, 인도가 아닌 다른 나라 영화의 장면들이 왜 느닷없이 자꾸만 떠올라 나를 괴롭히는 건지…….

∞

    인도 한인 교민회 주최로 뉴델리 영국 학교 운동장에서 체육대회가 열렸다. 주로 뉴델리에 거주하는 교민분들이 오셨는데 생각보다 많은 인원이 참가했다. 그 당시 한국 기업이 인도에 많이 진출해 있어 대사관과 기업들 직원과 가족들이 함께했다. 모두가 즐겁게 각종 경기에 참여하고 더불어 열띤 응원도 재미있는 볼거리였다.

　나는 운동경기에 참여할 자신이 없어서 교민회장 사모님과 관람석에 앉아서 이야기를 나누고 있었는데, 갑자기 사람들이 일어나 환호하기 시작했다. 무슨 일인가 하여 일어나 보니 남편이 릴레이경주에 참여하여 열심히 뛰고 있었다. 전혀 예상하지 못했던 일이라 너무 놀라서 나는 내 눈을 의심했다. 남편은 워낙 스포츠에 관심이 많은 사람이긴 하지만 경기에까지 참여할 줄은 몰랐다. 사전에 내게 그런 뜻을 내비친 적도 없었다. 그러나 막상 함께 어울려서 열심히 뛰고 있는 모습이 좋게 보였다.

　오후에는 축구 경기에도 참여하고 어린이들에게 농구를 지도해 주며 끝까지 남아서 함께하는 태도는 체육대회 분위기를 한층 더 끌어 올려 주었다.

　오랜만에 한인들이 모여 서로 인사를 나누고 식사를 하고 격의 없이 신나게 뛰고 응원했던 즐거운 하루였다.

∞

남편이 퇴근해서 들어오며 큰 소리로 나를 찾았다. 인도 정부 주최 공식 행사에 참석차 대사 관용차에 태극기를 달고 이동하고 있었는데 좀 이상한 느낌이 들어서 창밖을 내다보니 바로 옆에 한국 관광객들을 태운 관광버스가 지나가고 있었다고 한다. 그분들은 태극기를 보고서 창문을 열고 손을 흔들며 반가워하셨다고 했다. 뜻밖의 일을 경험한 남편은 마음이 울컥했던 모양이었다. 관광객분들도 외국 여행 중에 태극기를 보게 되니 그 마음이 어떠했을지 충분히 짐작이 갔다. 나도 이미 뉴델리에 처음 도착했을 때의 경험을 통해 너무도 잘 알고 있었다. 낯선 곳에 처음 도착하여 어둠 속에서 휘날리는 태극기를 보았던 그 느낌. 남편은 그런 뜻밖의 만남을 통해 몸에서 힘이 솟고 마음에선 생기와 의욕이 솟음을 느꼈다고 했다.

그렇지 않아도 그 당시 우리나라 기업들이 인도에 많이 진출해서 활발하게 활동하고 있었고 현지에서도 평판이 아주 좋았다. 한국 제품의 우수성은 물론이고 한국 기업들이 지역사회에도 긍정적인 영향력을 끼치고 있어서 인도 사람들에게 대한민국은 꽤 인기가 있었다.

내가 인도에 있을 당시 인도와 우리나라는 우호적인 관계에 있었는데 많은 부분에 있어서 인도에 진출한 우리나라 여러 기업들의 기여가 매우 컸다고 생각한다. 그래서 항상 감사한 마음을 가지고 있다.

∞

인도는 인간의 감각기관을 자극하는 색채의 나라 같았다. 여인들의 옷이나 장신구들, 정교한 공예품, 직접 천에 정성스럽게 수를 놓아 보는 이의 감탄이 저절로 나올 수밖에 없는 수예품들은 물론 모든 건물을 한 가지 색으로만 칠한 특이한 도시들, 화려하고 다양한 색의 꽃들과 새들까지도.

특히 갠지스강 연안 바라나시에서 새벽에 배를 타며 보았던 정경은 모든 색의 총집합이었다. 강가에서 불에 활활 타고 있는 죽은 자들이 결국 그 강으로 떠내려가고, 그 물속에서 살아 있는 자들은 씻고 마시고 기도하고……. 독특한 냄새의 향료와 매캐한 연기 냄새 등은 그곳에 있는 사람들의 화려한 옷 색깔 및 꽃 색깔과 한데 뒤엉켜 한층 더 묘하고 신비스러운 또 다른 색깔로 보이게 했다. 이름이 없는 영적인 색깔이라고 할까.

인도는 만일 내가 사진작가라면 어떤 각도에서라도 구도를 잡고 다양한 사진을 수없이 찍을 수 있을 것 같았다.

나는 특히 어린 아기를 안고 있는 여인이나 머리에 물동이를 이고 힘겹게 걸어가는 여인들의 모습이 자주 눈에 들어왔다. 그들 대부분은 마르고 가냘픈 몸매와 매력적인 갈색 피부를 가지고 있었는데 화려한 빛깔의 옷으로 몸과 머리를 감싸고 여러 장신구들을 주렁주렁 걸친 모습이었다. 어떤 이야기가 담겨 있을 것 같은 그들의 눈망울은 보는 사람으로 하여금 애틋함을 느끼게 했다.

∞

인도에서의 3년이 거의 끝날 무렵 우리는 조드푸르로 마지막 여행을 갔다. 처음으로 낙타를 타보았는데 피곤에 지친 듯한 낙타의 무표정한 얼굴이 잊히지 않는다. 인도에 와서 첫해에 자이푸르에서 탔던 코끼리도 모두 한결같이 힘들어 보였다. 그들은 피곤해 보였고 귀찮고 하기 싫다는 표정이었다. 그들의 긴 속눈썹과 선한 눈망울이 내 마음을 아프게 했다.

조드푸르에 온 둘째 날에는 과거 그 지역 영주의 성을 찾았다. 놀랍게도 그 성의 내부는 어쩐지 유럽의 성과 비슷한 느낌이 들었다.

그리고 우리는 당연히 한국으로 귀국할 것으로 생각하고 있었는데 뜻밖에도 남편은 그날, 유럽의 어느 국가 대사로 내정되었다는 연락을 받았다.

∞

우리가 인도에 있을 당시 주인도 한국 대사는 이웃 나라인 주부탄 한국 대사도 겸임하도록 되어 있었다. 그래서 남편은 1년에 한 번 또는 두 번 부탄에 출장을 가서 국왕과 외무장관, 정부 관계자들을 만나곤 했다. 그런데 한번은 부부 동반 행사가 있어서 운 좋게 나도 부탄 출장에 동행하게 되었다.

부탄은 매년 방문하는 관광객 수를 제한할 정도로 자연환경 보존을 위해 철저하게 노력하는 나라다. 세상에 잘 알려지지 않은 신비로운 나라, 좀처럼 가보기 힘든 은둔의 나라인 부탄을 방문한다는 것이 나는 무척 기대가 되고 가슴이 설레었다.

다양한 종교와 화려한 색깔과 많은 사람들로 시끌벅적한 인도에서 살던 나에게 부탄이란 나라의 첫인상은 고요한 적막강산이었다. 사람들이 드넓은 자연 어딘가에 숨어 있나 싶게 거리는 한산했다. 한마디로 부탄의 주인은 자연 같았다.

회의가 끝나고 행사도 끝난 다음 날, 부탄 사람인 명예 총영사가 우리에게 가이드를 보내주어서 남편과 나는 해발 4천5백 미터까지 트레킹을 떠나보기로 했다. 우리의 점심도 가이드가 준비해 와서 부탄 음식을 맛볼 기회가 생겼다. 나는 원래 음식을 가리지 않을뿐더러 새로운 음식을 먹어보는 것을 좋아한다. 소박하지만 신선한 재료로 만든 일종의 건강식 같은 담백한 부탄 음식을 자연 속에서 먹으니 온몸이 건강해지는 듯했다.

식사가 끝난 후 조금 더 높이 올라가고 있는데 내 옆으로 소처럼 생긴 까맣고 털이 긴 동물들이 지나다녔다. 가이드에게 물어보니 야크라고 했다. 야크의 털을 깎아서 옷을 만들어 입는데 가볍고 따뜻하다고 했다.

마음 같아서는 가이드를 따라 계속해서 더 높이 올라가 보고 싶었지만 고산기후로 인해 컨디션이 나빠져 안타깝지만 중도에서 포기할 수밖에 없었다.

나는 왠지 부탄이 좋았다. 내 마음을 편안하게 감싸주고 세상의 혼탁한 때를 다 벗겨주는 것 같았다. 나는 온몸이 가벼워짐을 느꼈다. 또한 티베트 사람들의 생김새도 그렇고 의복이나 물건들도 낯설지 않고 오히려 친근하게 느껴졌다. 공기가 그 어디와도 비교할 수 없이 맑은 나라, 흐르는 개울물 소리도 음악으로 들리는 나라, 때 묻지 않은 순수한 사람들이 아무 욕심 없이 살아가고 있는 진짜 청정 지역이었다. 자연도 사람도 전혀 세상의 더러움에 오염되지 않은 나라, 물질만능주의와 치열한 경쟁 속에서 지쳐 숨 막힐 때 영육을 쉬게 할 수 있는 그런 나라 같았다. 실제로 세계적인 작가나 유명인들이 종종 찾아와서 무엇에도 방해받지 않는 그들만의 쉼을 누린다고 했다.

높은 산꼭대기에 지은 절들도 아주 특이해 보였다. 그 절들은 큰 나무나 바위에 붙어 있는 버섯을 연상시켰다.

트레킹 도중에 보니 산 곳곳에 작은 움막들이 눈에 띄었다. 티베트불교를 믿는 부탄에서는 수행자들이 깊은 산속에 이런 움막들을 짓고 수행한다고 했다.

개발이 이루어지지 않은 옛날로 다시 돌아간 느낌을 갖게 한 부탄이라는 나라는 더할 나위 없이 맑은 영혼을 가진, 태곳적에 존재했던 자연 그 자체 같았다.

인도로 돌아가는 비행기가 히말라야 상공을 날고 있을 때 기내 방송이 나왔다.

"날씨의 변화가 심한 곳이라 좀처럼 맑은 하늘과 산봉우리들을 보기 어려운데 오늘은 이례적으로 날씨가 맑아서 지금 에베레스트산의 정상이 보입니다. 오른쪽에 앉으신 분들이 신비스러운 에베레스트 산봉우리를 보실 수 있는 행운을 차지하셨습니다."

나를 포함한 오른쪽 열에 앉은 사람들이 창에 바짝 붙어서 밖을 내다보다가 일제히 환호성을 지르며 박수를 쳤다. 유리창 밖으로 새파란 하늘과 하얗게 눈 덮인 산 봉우리가 밝은 햇빛 속에서 눈부시게 빛나고 있었다. 감사합니다.

∞

인도를 떠나는 날은 마치 고향에서 타국으로 가는 것 같이 슬프고 허전했다. 남편은 소니와 소니아를 보지 않고 떠나겠다고 했다. 그래도 마지막 작별 인사는 해야 하지 않겠냐고 설득을 해보려 했지만 남편은 그들과 정이 너무 들어서 그들을 볼 자신이 없는 것 같았다. 나는 혼자서 관저 전체를 둘러보고 소니와 소니아에게 가서 등과 가슴을 쓰다듬어 주고 뺨도 대었다. 소니는 여전히 철없이 행동하는데 소니아는 무슨 느낌을 받았는지 힘이 하나도 없어 보였다.

"안녕, 고마웠어."

밤늦게 떠나는 비행기여서 늦은 시간에 관저로 배웅을 나와준 직원분들과 부인들께 너무 미안했다. 모두 인사를 나누고 차에 올라타서 대사관 정문으로 천천히 나오던 우리는 깜짝 놀랐다. 낮에 근무했던 현지인 직원들이 그 밤중에 우리와 작별 인사를 하기 위해 모여 있었던 것이다. 목이 메며 눈물이 났다. 남편도 예상치 못한 일에 감격해서 얼른 차에서 내려 그들과 일일이 악수를 했다.

밖은 깜깜하고 가로등 불빛은 희미해서 정말 다행이었다. 그들은 내 눈물을 보지 못했을 테니.

∞

몇 주가 지나서 인도에서 소식이 왔다. 우리가 떠난 뒤 소니와 소니아는 한동안 밥을 입에도 대지 않은 채 우리의 숙소 쪽만 바라보며 엎드려 있었다고 한다. 내가 그들을 위해 마지막으로 선물한 맛있는 통조림도 먹지 않았다고 했다. 가슴이 너무도 아프고 쓰렸다.

현지인 직원들도 나와 정이 많이 들어서 자주 메일을 보내왔다. 참으로 고마웠다.

이렇게 나는 또 하나의 추억을 만들고 좋은 사람들을 사귀었다. 나와는 너무도 다르기에 가까운 사이가 되기 어려울 거라고 미리 단정 지어 버렸던 사람들을.

　안녕, 소니, 소니아.

　안녕, 뉴델리, 인도. 기억할게.

베를린

눈이 많이 내리는 저녁 늦게 우리는 베를린에 도착했다.

인도로 처음 떠날 때에 비하면 이미 3년의 공관장으로서의 경험이 있어서 그런지 훨씬 마음의 여유가 있었다. 하지만 프랑크푸르트에서 베를린으로 오는 비행기를 갈아타자 역시 긴장이 되었다.

뉴델리에 막 도착했을 때는 북적대는 사람들 사이에서 좀 어수선하긴 해도 편안함이 느껴지며 긴장이 오히려 완화되었던 반면, 베를린의 첫인상은 추운 날씨에 눈이 온 영향도 있었겠지만 전체적인 분위기가 차갑게 다가왔다. 내가 코펜하겐에 처음 갔을 당시에도 추운 겨울

밤이었지만 그때의 느낌은 차가운 것이 아닌 따뜻함과 포근함이었던 것을 생각해 보면 확실히 독일은 뭔가 딱딱하고 무거운 인상을 주었다.

베를린은 옛 건물과 최신식의 현대적인 건물이 조화롭게 섞여 있었고 가장 현재를 살아가고 있다는 느낌을 강하게 주는 예술적인 도시였다.

∞

대사 관저는 보수를 끝낸 지 얼마 되지 않아서 깔끔했고 세심하게 신경을 많이 썼다는 것이 느껴졌다. 뭔가 항상 분주하고 사람들로 북적대던 인도의 관저와는 대조적으로 단출하고 조용했다. 주독 한국 대사 관저는 원래 베를린시의 영빈관으로 쓰던 건물이었고 독일 통일 이전에 동·서독 간의 비밀 협상도 이루어졌던 역사적인 의미가 있는 곳이었는데, 독일 통일 이후 우리나라가 이 건물을 구입하여 대한민국 대사 관저가 된 뜻깊은 장소였다.

안목이 출중하고 꼼꼼하신 전임 대사님 내외분께서

전 직원 내외분들과 분담하여 철저한 계획을 통해 이루어놓으신 터라 모든 것이 완벽해 보였다. 그러나 아쉽게도 관저가 완성된 지 얼마 지나지 않아 전임 대사님께서는 서울로 발령이 나셨다. 물론 영전하여 기쁘게 떠나시긴 했지만 나는 아무 노력도 하지 않고 거저 누리는 것만 같은 죄스러움에 상당히 부담감을 느꼈다. 하지만 이것도 내 복이려니 생각하고 이 관저에서 되도록 많은 행사를 하여 수고하신 분들께 보답해야겠다고 다짐했다.

∞

주독일 한국 대사관도 신축이 되어 곧 있을 개관 기념식을 위한 준비가 한창 진행 중이었다. 베를린에 부임하자마자 이런 뜻깊은 큰 행사가 열리게 되었다며 남편은 상당히 영광스럽게 여겼다.

드디어 행사 날 아침, 남편은 좋은 날이라며 새벽에 일어나 근처 호수를 한 바퀴 뛰고 오겠다고 밝은 모습으로 나섰다. 나는 그가 기운을 낼 수 있도록, 인도를 떠날 때 선물로 받아 아껴두었던 자연산 석청을 따뜻한 물에 타서 건넸다. 인도인 친구가 히말라야에서 직접 채취한 귀한 것이라 이런 중요한 날에 적합하다는 생각이 들었다.

산책에서 돌아온 남편은 집에 들어오자마자 마루에 누운 채 일어나지 못했다. 특별히 아픈 곳은 없는데 도무지 움직일 수가 없다고 했다. 그런 처지에서도 남편은 기념식 걱정만 하고 있었다.

나는 갑자기 발생한 이 응급 상황에 어쩔 줄 몰라하고 있는데 관저의 도우미인 베스가 급히 한인 의사 선생님께 연락을 했고 곧바로 한 선생님이 오셨다. 혈압이 계속 떨어지고 있어 일단 응급처치를 하고 지켜보고 있는데 아무래도 꿀이 의심스럽다는 소견이 나왔다. 사람에 따라 간혹 자연산 석청이 알레르기 반응을 일으킬 수 있다는 것이었다. 나는 기가 막혀서 할 말을 잃었다. 오늘이 중요한 날이라 남편을 위해서 꿀물을 타주었는데 그것 때문에 기념식은 물론 남편의 생명까지 위험하게 될지도 모르는 상황이 되었으니. 몇 시간 후에 대사관에 가서 많은 손님들을 맞이하고 연설도 해야 하는데 이 시점에서 모든 걸 망칠 수도 있게 되었으니 어쩌면 좋을지…….

한 선생님께서 계속 혈압을 체크하며 남편의 상태를 지켜보고 있는데, 그날 축하 연설을 하기로 한 독일 외교 차관 측에서 전화가 왔다. 일정에 변화가 생겼으니 자기 연설의 순서를 바꿔주면 좋겠다는 것이었다. 정말 뜻밖의 하나님의 도우심 같았다.

응급처치를 받고 조금 휴식을 취한 남편은 식은땀이 계속 흐르고 다리가 떨렸지만 예정된 개관 기념행사가 중요하기에 정신을 차리고 나갈 준비를 했다. 남편을 지켜보던 한 선생님은 아무래도 걱정이 되시는지 역시 의사인 자신의 남편에게 연락하여 두 분이 남편의 양쪽에서 지켜주기로 하고 가까스로 몸을 추슬러 대사관으로 출발했다.

나로 인해 한순간에 벌어진 이 어이없는 상황에 나는 순간 죄인이 되어 기념식 리셉션에 내어놓을 음식 준비도 못 하고 공사님 부인께 부탁했다.

아무것도 할 수 없는 나는 골방에 들어가 숨고 싶었다. 최악의 시나리오가 떠올라 겁이 났다. 숨을 곳을 찾아야 했다. 밀려드는 불안감에 어두운 골방에 들어가 앉지도 서지도 못하고 서성대다가 문득 시집갔을 때 시어머니께서 주셨던 성경책이 생각났다. 마흔이 넘어 두신 외아들을 위해 평생 놓지 않으셨다며 내게 물려주셨던 그 성경책을 찾으러 서재로 뛰어가 책장을 뒤졌다.

나는 다시 골방으로 돌아와 성경책을 가슴에 안고 무릎을 꿇은 채 계속해서 "살려주세요"라고만 했다. 다른 말은 아무것도 할 수 없었다.

한참 시간이 흘렀는데 갑자기 전화벨이 울렸다. 나는 너무 두려워서 도저히 전화를 받을 수가 없었다. 전화벨은 끊겼다가 다시 울리기 시작했고 나는 조심스럽게 수화기를 들었다. 공사님 부인이었다. 모든 행사가 다 잘 끝났다고 했다. 나는 남편의 상태는 어떤지 물어보고 싶었지만 꾹 참았다. 남편에 대해 아무 말이 없다는 것은 적어도 내가 두려워했던 최악의 상황은 발생하지 않았다는 뜻이기에. 갑자기 긴장감이 확 풀리며 온몸이 무너져 내리는 것 같았다. 오랜 시간 동안 무릎을 꿇고 성경책을 꽉 안고 있었던 때문인지 팔도 무릎도 펴지지가 않았다. 나는 간신히 힘을 내어 엉금엉금 침실로 기어가 누워버렸다.

시간이 얼마나 흘렀을까. 누가 나를 흔들어 깨웠다. 눈을 떠보니 남편이었다. 나는 차마 고개도 못 든 채 조용히 미안하다고 말했다. 남편은 의외로 괜찮다고 하더니 앞으로 다시는 꿀물을 마시지 않겠다고 선언했다.

"이제 절대 안 줘요."

나도 조그맣게 중얼거렸다.

정말로 나 또한 죽음의 문턱까지 갔다 온 것 같은 긴 하루였다.

∞

그동안 계속해서 흐리고 비가 왔는데 모처럼 날씨가 화창해서 정원으로 나갔다. 무궁화도 만발해 있고 상큼한 공기에 기분이 좋아서 심호흡도 하며 팔도 크게 벌리려는데 나무 뒤에서 부스럭거리는 소리가 들렸다. 뒤를 돌아다보니 꽤 큰 여우가 걸어오고 있는 것이 아닌가. 나는 소리를 지르며 집 안으로 뛰어들어 가 정원을 관리하는 다니엘에게 여우가 있다고 말했다. 그러자 그는 웃으며 이 터에서 오래전부터 살고 있는 여우라고 했다.

세상에, 여우랑 한 집에서 살고 있었다니.

∞

대사 관저 근처에는 큰 호수를 품고 있는 아름다운 숲
이 있었다. 나는 거의 매일 아침 호수를 한 차례 돌고
와서 하루를 시작하곤 했다. 그러나 비가 너무 많이 오
는 날이나 눈이 많이 오는 날은 피했다. 천둥 번개가 치
며 비바람이 불면 갑자기 어두워지면서 작은 나뭇가지
는 물론 큰 나무들도 넘어지고 땅도 질퍽거려서 무섭기
까지 했다. 하지만 봄에는 보리수나무에 꽃이 예쁘게 피
고 새파란 어린싹들이 파릇파릇 돋아나고, 호수가 햇빛
에 보석처럼 빛나면서 잔잔한 물결이 이는 아름다운 곳
이었다. 사람들은 주로 큰 개를 데리고 산책을 나왔다.
나뭇가지를 호수에 던지면 개들은 신이 나서 첨벙거리
며 물에 뛰어들어 나뭇가지를 물고 나와선 주인 앞에 갖
다 놓고 꼬리를 흔들며 칭찬해 주기를 기다린다.

나는 호숫가 뒤편에 나만의 안식처를 찾아내어 '케이
트의 안식처'라고 불렀다. 관저의 정원은 아름답지만 여

우로 인해서 더 이상 나의 정원이 아닌 '여우의 정원'이
되었다.

호숫가에는 아침마다 찾아오는 푸드트럭이 있었는데
음료와 감자튀김 그리고 내가 좋아하는 '커리부르스트'
라는 소시지를 팔았다. 나는 가끔씩 커피와 소시지를 사
서 나의 안식처에서 호수를 바라보며 맛있게 먹곤 했다.
모래 위에 비스듬하게 쓰러져 있는 고목은 나를 언제나
편안히 감싸주는 좋은 벤치가 되었다. 호수를 바라보며
멍하게 아무 생각 없이 나를 비우고 앉아 있노라면 몸과
마음이 편안해져 옴을 느꼈다. 문득 오래전에 모셨던 사
모님 말씀이 떠올랐다. "공관장 부인은 외로운 자리야.
혼자 잘 지내는 법을 터득해야 돼." 요즘 들어서 그 말씀
이 부쩍 실감 난다. 여러 종류의 모임에서 아는 사람들
과 자주 부딪치게 된다. 외교단은 서로 다 아는 사이지
만 항상 헤어짐을 염두에 두고 있고 혹시나 말실수라도
하지 않을까 늘 신경이 쓰인다. 직원 부인들과는 특별한
대사관 행사 때가 아니면 거의 만날 일이 없다.

이런저런 이유로 나는 아침마다 호수를 찾게 되었고
독일에 머물렀던 3년간 숲속의 호숫가 '케이트의 안식

처'는 나의 가장 소중하고 행복한 장소였다.

∞

창문을 열다가 보니 전에 나를 놀라게 했던 꼬리 끝에 하얀 털이 있는 여우가 절뚝거리며 정원에서 불안한 듯 서성이고 있었다. 그런데 이게 웬일인가? 맞은편에 있는 둥그런 나무 밑에 또 다른 여우와 새끼 두 마리가 있었다. 엄마 여우는 꼬리 끝이 하얀 수놈을 자기들 근처에 얼씬도 못 하도록 쫓아내고 있었고 수놈은 접근을 시도했다가 물러나기를 반복하면서 암놈의 눈치를 보더니 결국은 멀리 떨어진 곳에 엎드려서 마치 용서를 구하는 듯한 자세를 취했다. 나는 그 광경이 너무도 재미있고 신기해서 한참 지켜보았다. 여우들의 세계에도 부부 싸움이 있다니…….

∞

오늘은 독일에 와서 열리는 첫 국경일 기념 리셉션 날

이다. 인도에 있었던 3년 동안에도 매년 10월 3일이면 대사 관저에서 국경일 행사를 했었다. 날씨가 더운 탓에 항상 저녁에 열렸었는데 이번에는 낮에 정원에서 하게 되었다.

인도에서는 종교적인 이유로 채식주의자가 많아서 음식 준비에 신경을 많이 썼지만 독일에서는 전혀 그럴 필요가 없어서 한결 편했다. 그래서 나는 이번에는 전과 다른 다양한 음식들을 준비해 보기로 했다. 인도에서 함께했던 한 셰프가 독일에 같이 오게 되어 아주 든든했다. 나와 한 셰프와 인도인 요리사 아제이는 마치 주방의 한 팀처럼 손발이 척척 맞았다.

손님들이 하나둘 오기 시작했고 나는 긴장하지 않으려고 숨을 깊게 들이마셨다. 남편과 내가 현관 입구에 서서 손님을 맞고 있는데 어떤 신사가 20센티미터 정도 크기의 청동으로 된 곰상을 들고 와 내게 건네주었다. 그는 자신이 전에 베를린시의 의전장이었고 그 곰 동상은 이 건물이 베를린시의 영빈관일 때부터 거실에 놓여 있던 것인데 오늘 우리에게 다시 돌려주기 위해 가져왔다며 미소 지었다. 곰 동상은 이 집의 산 역사이고 특히 독일 통일의 준비가 여기서 어떤 과정을 거쳐 이루어졌는지 지켜본 증인이라고 했다. 나는 고맙다고 말하며 두 손으로 받았다. (그 청동 곰상은 지금도 여전히 그곳의 터줏대감으로 관저에서 일어나고 있는 모든 일들을 지켜보고 있을 것이다.)

손님들이 거의 다 온 것 같아 우리도 정원으로 이동했다. 관저 정원은 그리 넓지는 않지만 정돈이 잘되어 있어서 아담하고 예뻤다. 한 셰프에게 음식을 어떻게 세팅해야 할지 테이블 배치를 맡겼는데 아주 근사해 보였다.

베를린의 날씨는 예측하기 어려워서 걱정을 많이 했는데 비가 올 듯하면서도 끝날 때까지 오지 않았고 나중에 구름 사이로 햇빛이 보이기도 했다.

정원에서 열리는 리셉션이기에 역시 즉석 갈비구이가 우선 냄새로 분위기를 북돋우었고 두툼한 삼겹살고추장양념구이도 인기가 좋았다. 독일인들은 돼지고기를 정말 잘 먹고 좋아했다. 전반적으로 음식을 가리지 않고 시도해 보려는 경향이 있으며 대식가들이 많아서 음식을 준비한 사람으로서 기쁘고 보람이 있었다.

나는 한발 뒤로 물러서서 모인 손님들을 천천히 둘러보았다. 갈비를 손에 쥐고 먹는 사람, 새우 꼬리를 잡고 새우전을 먹는 사람, 맵다는 표정을 한껏 지으며 홍합매운탕을 먹는 사람, 잔치국수를 국물까지 마시는 사람 등 모두 표정이 밝고 즐거워 보였다. 관저 주변의 이웃들도 몇 명 눈에 띄었다. 그런데 어떤 대사가 먹는 것을 보고 나는 깜짝 놀랐다. 콩나물밥 위에 홍합매운탕을 소스처럼 끼얹어서 먹고 있는 게 아닌가. 먹는 방법을 알려줘야 하나 고민하다가 자기 나름대로 잘 먹고 있는 것 같아 아무 말도 하지 않았다. 그리고 나도 그 맛이 어떨지 꼭 한번 시도해 보기로 했다.

확실히 경험이 중요한 것 같다. 3년 전보다 훨씬 차분하고 안정된 나 자신을 느꼈고 이런 모든 상황이 정말 감사했다.

∞

베를린에서의 첫 부활절 휴가에 우리는 그립고도 그

리웠던 코펜하겐으로 가기로 결정했다. 1978년 첫 임지였던 코펜하겐과 아주 가까운 베를린에서 공직 근무를 마무리하게 되었으니 참으로 감개무량했다.

코펜하겐에 도착해서 공항을 둘러보니 1980년 우리가 모리타니로 떠날 때의 기억이 떠올랐다. 아무것도 모르는 석이가 "비행기 타고 어야 간다"고 좋아하며 뛰어다니던 모습에 배웅 나오셨던 직원분들께서 측은한 눈빛으로 석이를 바라보셨었다.

우리는 거의 주말마다 갔었던 바닷가의 작은 호텔에 묵었다. 우선 바닷가 산책을 한 다음 바다를 맘껏 느끼고 싶어서 식당의 정원에 있는 식탁에 자리를 잡고 앉아 목구멍까지 차오르는 감정을 덴마크 오픈 샌드위치로 간신히 밀어 내렸다.

다음 날 아침 일찍 버스를 타고 시내로 들어가기 전에 우리가 살았던 Priorvej 11에 있는 원룸아파트를 찾아갔다. 믿기 어려울 정도로 1978년 당시와 똑같은 모습이었다. 우리는 4B에 살았는데 현관문 우편함도, 4B라고 써 있는 호실판도 똑같았다. 페인트칠 하나 벗겨진 곳이 없었다. 석이와 거의 매일 들렀던 바로 옆 작은 슈퍼도 여전히 그대로였다. 모든 것이 너무도 관리가 잘되어 있어서 시간의 흐름을 전혀 느낄 수 없었다.

유럽은 우리나라와 달리 거의 변화가 없고 그래서 시간이 늦게 가는 것 같아 차분히 추억을 더듬어 찾아보기에 정말 좋은 곳이다.

우리는 점심을 먹기 위해 워킹 스트리트Walking Street(차 없는 보행자 거리)에 갔다. 석이를 유모차에 태워 돌아다니던 모습이 아련하게 그려졌다. 물건을 사지는 못해도 매번 가게 안을 들여다보던 20대 젊은 여자의 모습도 떠올랐다.

우리는 햄버거를 먹기로 하고 건물 2층으로 올라가 창가에 자리를 잡고 앉았다. 아래를 내려다보며 현재와 과거가 합쳐진 특별한 감정에 사로잡혀 말없이 먹기만 하는데 그때 모르는 번호가 뜨며 전화벨이 울렸다. 잘못 걸렸나 싶어 조심스럽게 받아보니 주한국 인도 대사였던 레이 대사 부인이었다. 우연히 내 생각이 나서 베를린 관저로 전화를 했는데 우리가 마침 코펜하겐에 갔다기에 얼른 전화를 걸었다고 했다. 놀랍게도 레이 대사는 현재 주덴마크 인도 대사로 재직 중이라며 바로 우리가 묵고 있는 호텔 가까운 곳에 인도 대사 관저가 있으니 저녁 초대를 하겠다고 했다. 정말 상상도 못 할 우연이었다.

우리는 약속 시간에 늦지 않도록 서둘러 호텔로 돌아가 준비를 하고 약속 시간보다 좀 일찍 인도 대사 관저가 위치한 바닷가 쪽으로 걸어나갔다.

천천히 산책을 하며 약속 장소로 갈 생각이었는데……. 저 멀리 아주 멀리서 인도 의상을 입은 여인이 천천히 걸어오는 것이 보였다. 레이 대사 부인도 마음이 급해서 빨리 나온 것 같았다. 우리는 양쪽에서 천천히 서로에게 다가갔다. 부인의 하늘하늘하고 풍성한 고운 색깔의 인도 옷이 바닷바람에 자유롭게 날리며 깨끗한 산책길을 따라 천천히 걸어오는 모습이 인적이 드문 파란 하늘과 바다를 배경으로 너무도 아름답게 보였다. 마침내 한 지점에서 우리는 만났고 너무도 갑자기 일어난 이 뜻밖의 만남에 아무 말도 못 하고 그저 웃기만 했다.

우리는 처음 공관장이 되어 나갔던 인도의 음식을, 생

각지도 않은 훌륭한 인도 음식을 첫 임지였던 코펜하겐 인도 관저에서 정말 맛있게 먹었다. 이런 일이 생길 줄 예상이나 했겠는가. 정말 인생은 언제 어디서 무슨 일이 벌어질지 예측 불가능한 길고 긴 이야기 같다.

∞

어젯밤에 윗어금니가 빠져서 손바닥 위에 올려놓는 꿈을 꿨다. 왠지 기분이 좀 이상했다. 호수에 가면서도 뭔가 마음이 불안했다. 호수를 한 바퀴 돌고 집에 돌아오려는데 길 한복판에 멧돼지 한 마리가 딱 버티고 서서 나를 노려보고 있는 게 아닌가. 그때 천만다행으로 누군가 전에 했던 말이 떠올랐다. 길에서 멧돼지를 보면 절대로 뛰거나 소리 지르지 말고 조용히 돌아서서 오던 길로 천천히 가면 안전하다고. 그 순간에 그 말이 생각나서 나는 조용히 뒤돌아서 오던 속도로 걸었고 다행히 아무 일도 일어나지 않았다.

저녁 5시쯤 되었을까. 서울에서 전화가 왔다. 엄마가

조금 전 운명하셨다고. 많이 편찮으셨기에 예상하고 있었지만 듣는 순간 마음속 깊은 곳에서 가슴이 찢기는 듯한 슬픔이 복받쳐 올라왔다.

∞

엄마의 장례식이 끝나고 나는 서울에 며칠 더 묵으며 엄마의 물건들을 내 손으로 정리해 드리고 싶었다. 그 시간 동안 난 마음속으로 엄마에게 많은 이야기를 했다. 내가 어렸을 때부터 정들었던 오래된 그릇들, 장식품들, 아직도 엄마의 체취가 남아 있는 집 안을 치우다 보니 마치 엄마가 한순간에 안개처럼 사라져 버린 듯 허망한 생각이 들었다.

정리를 다 끝내고 나니 더 이상 서울에 머물러 있기가 싫어졌다. 며칠 쉬었다 가라는 언니들의 권유에도 불구하고 나는 베를린으로 돌아가기로 했다. 장례식 때부터 내 옆에서 함께해 줬던 친구가 공항까지 바래다주면서 책 두 권을 사주었다. 책이 읽힐 것 같지 않았지만 고맙다고 말하고 손가방에 넣었다.

프랑크푸르트에 도착하기까지 전혀 잠을 자지 못했고 피곤함과 슬픔으로 신경이 극도로 예민해졌다.

프랑크푸르트에서 베를린으로 가기 위해 비행기를 갈아타고 자리에 앉았다. 세 좌석이 나란히 붙어 있었는데 내 자리는 창가 쪽이었고 나머지 두 자리는 정장 차림의 젊은 독일 남자들이 앉았다. 베를린까지는 한 시간 남짓이라 나는 눈을 감고 기대앉았다. 그런데 옆의 남자가 신문을 확 펼치더니 내 자리까지 침범하여 계속 신문을 넘겼다. 엄연히 내 좌석은 나 혼자 차지해야 하는데 내 영역의 반 정도까지 신문을 펼치며 뒤척거렸다. 마치 그의 신문을 나도 같이 읽고 있는 것처럼.

나는 극도로 예민한 상태였기에 신경이 날카로워졌다. 더욱이 그는 복도 쪽에 앉은 남자는 상당히 배려하여 그 자리를 지켜주려고 애쓰는 듯하는 것이 더욱 나를 화나게 했다. 속이 부글부글 끓어올라 어떻게 할까 고민하다가 결국 참기로 했다. 나는 화가 나면 말이 두서없고 상대방에게 오히려 휘말려서 손해를 보고 종국에는 울어버리고 말기 때문이었다. 그러나 그의 무릎 위에는 신문이 몇 부 더 있었고 계속되는 그의 무례함에 도저히 이대로 베를린까지 갈 수는 없다고 판단했다.

나는 친구가 준 책을 가방에서 꺼내어 돋보기를 끼고, 별로 내키지는 않지만 읽기 시작했다. 그리고 옆 사람이 잠시 팔을 내리는 순간 재빨리 오른팔을 팔걸이에 올려놓았다. 내 영역을 확보하기 위해. 그는 당황한 듯이 나를 한번 힐끔 쳐다보더니 얼른 자세를 가다듬고는 자기에게 주어진 자리에서만 조용히 신문을 읽기 시작했다. 의외의 반응이었다. 나는 뜻밖에도 책이 재미있게 잘 읽혔고 기분도 좋아졌다.

고맙다, 친구야, 책을 사줘서.

∞

엄마의 장례를 치르고 베를린으로 돌아온 후, 다음 날 아침 바로 호수에 갔다. 숲속 나의 은신처가 너무도 그리웠다. 거기에 가야 위로를 받을 수 있을 것 같았고, 거기 가서 복잡한 나의 생각들을 정리해 보고 싶었다.

겨울이라 호수가 얼어서인지 사람들도 개들도 별로 없이 한적했다. 오늘은 날씨가 추워 푸드트럭 아저씨도 안 보이고 늘 차가 서 있던 자리는 텅 비어 있었다. 나는 호젓한 분위기에서 맘껏 엄마를 생각하고 슬퍼할 수 있었다. 항상 나를 편안하게 품어주는 고목 벤치에 앉아서 나의 어린 시절 이야기들을 떠올려 보았다. 평생토록 내 마음 한구석에 자리 잡고 있는 그 교통사고 이야기를.

내가 다섯 살 때 엄마, 언니와 안양에 사시는 할머니 댁에 다녀오다가 뒤에서 오던 군 트럭과 충돌 사고가 났었다. 잠시 기절했다가 깨어보니 엄마는 팔이 부러진 채 차에서 굴러떨어져 밭에 누워 계셨고 언니의 얼굴에서는 피가 흐르고 있었다. 지금 이 나이가 되기까지도 그 사고 현장은 내 인생의 첫 기억으로 또렷이 남아 있다.

사고 직전 뒷좌석에 타고 있던 나는 무릎으로 서서 유리창을 통해 뒤차 사람들에게 나의 양 엄지손가락을 뺨에 대고 "용용 죽겠지"를 계속하고 있었다. 그 트럭에는 하얀 얼굴의 군인과 까만 얼굴에 유독 하얀 치아를 드러내며 웃고 있던 군인 둘이 타고 있었다. 잠시 후 나는 정신을 잃었고 깨어보니 병원 침대에 누워 있었다. 양미간과 이마에 여러 바늘을 꿰매는 수술을 받았다고 했다.

우리가 탔던 택시의 기사님도 많이 다치셨는지 가슴과 허리에 잔뜩 붕대를 감고 나타나 자꾸 내게 미안하다고 하셨다. 그때 나는 "아저씨 잘못이 아니에요. 내가 그들을 놀려서 사고가 난 것이에요"라고 말했어야 했다. 그러나 나는 입을 굳게 다물었다. 아저씨의 잘못이라고 인정해 버린 셈이다.

그 사건 이후 나는 엄마와 택시 기사님께 죄인이 되었으나 너무 두려워서 차마 나로 인해 사고가 난 것이라는 말도 하지 못한 채 평생토록 죄책감을 안고 살았다. 나는 자꾸 사람을 피하려 했고 말하기를 싫어했다.

부모님은 한순간에 얼굴에 흉터를 갖게 된 어린 막내딸로 인해 마음 아파하셨고 나는 어느 누구에게도 말하지 못한 죄책감으로 마음 아팠다.

엄마는 나의 정신적 충격을 완화하기 위해 피아노도 가르치시고 무용 학원에도 보내시는 등 무척 애를 쓰셨다. 그런 엄마의 간절함 앞에서 난 더욱 입을 굳게 다물었다. 자라면서 여전히 사람을 대하는 것이 불편하고 혼자 있기를 좋아하는 지극히 내성적인 사람으로 성장하게 되었다.

　시간이 지나며 그 막연한 죄책감에 대해 때로 의문을 가지기도 했었다. 택시 기사님이나 뒤차의 잘못이었을 가능성에 대해서 생각을 안 해본 것은 아니었지만, 항상 다시 원점으로 돌아오곤 했다. 결국 그 사고는 나의 "용용 죽겠지"로 시작되었다고. 그런 잠재적인 죄의식 때문이었는지 커서도 나는 입에 "미안해"를 달고 살았다. 친구가 듣기 싫으니 제발 그만하라고 할 정도로.

　궂은 날씨나 추운 날씨에는 영락없이 엄마는 다쳤던 오른팔과 어깨를 주무르시며 힘들어하셨다. 나 아닌 다른 사람을 원망하실 때마다 나는 엄마와 택시 기사님께 죄인이 되어 눈만 내리깔았다. "말해야지"를 몇 번이나 입에 담고 있었지만, 결국 엄마는 내 사과도 듣지 못하시고 진실도 모르신 채 돌아가셨다.

　오늘은 푸드트럭 아저씨가 안 올 것 같아서 나는 숲속 산책로 옆에 있는 작은 호텔에 들어갔다. 아주 낡고 오래된 저택을 호텔로 개조하고 정원을 카페로 꾸민 곳인데 산책하던 사람들이 종종 쉬어 가곤 했다. 나는 정원에 들어가 의자에 걸쳐놓은 담요를 두르고 앉아 커피를 주문했다. 평소 커피를 좋아하셨던 엄마를 생각하며. 그곳에 앉아 바라보는 호수는 또 다른 느낌이었다. 푸드트럭의 커피와는 전혀 다른 진한 커피 향, 의자 옆에 서 있는 따뜻한 난로와 내 몸을 감싸서 온기를 지켜주는 담요는 지쳤던 몸과 마음을 진정시켜 주는 듯했다.

오늘 푸드트럭이 안 오길 잘했네.

∞

D은행 주최로 열리는 음악회 초대장이 와서 몸은 좀 찌뿌듯했지만 참석하기로 했다. 남편은 다른 행사와 겹쳐서 나 혼자 갔다. 가끔 혼자서 음악회를 가면 학창 시절 생각도 나고 오로지 연주를 감상하는 것에만 집중할 수 있어 좋았다. 때론 낭만적인 느낌에 푹 빠져들기도 했다.

여느 때처럼 낯익은 얼굴들도 볼 수 있었고 특히 첼로를 전공한 어느 대사 부인은 음악회 때마다 마주치곤 했다. 휴식 시간에도 몇몇 아는 사람들을 만나서 가볍게 인사를 나누었다. 독일 사람들은 음악을 전공했다고 하면 금방 반색을 하고 마치 전부터 아는 사람인 것처럼 친근감을 드러낸다. 정말로 음악을 좋아하는 국민 같다. 내가 음악을 전공한 것이 독일에 와서 사람들과 쉽게 그리고 자연스럽게 가까워지는 데 정말 큰 도움이 되었다.

음악회가 끝나고 남편이 나를 데리러 올 때까지 시간이 좀 남아서 나는 바로 콘서트홀 근처에 있는 크리스마스 마켓을 구경하러 천천히 걸어갔다. 장터에는 반짝이는 장식품들과 볼거리가 흘러넘치게 많았다. 특히 독일에 와서 처음 본, 나무로 조각한 각양각색의 장식용 촛대가 눈길을 끌었다. 크리스마스 시즌이면 집집마다 영락없이 창가에 나무로 조각한 둥그런 전기 촛대를 장식해 놓는다.

나는 따뜻한 와인을 한 잔 사서 마시며 천천히 구경했다. 차가운 밤공기, 따뜻한 와인, 반짝이는 장식품들 그리고 조금 전에 감상한 수준 높은 연주. 뭔가 홀가분하고 가슴 벅찬 기운이 온몸에 퍼지면서 기분이 아주 좋아졌다.

다시 콘서트홀 앞으로 오니 남편이 서성이며 나를 기다리고 있었다. 남편은 "크리스마스 마켓 구경했어? 기분 좋아 보이네. 잘했어" 하며 차에 올라탔다. 나는 창문을 내리고 차가운 밤공기를 맘껏 들이마셨다.

∞

외교부의 선배님들께서는 항상 정직과 겸손한 태도와 함께 적극적인 참여를 강조하셨다. 그래서 나는 남편이 공관장이 되자 항상 그분들의 조언을 떠올려 뉴델리에서도, 베를린에서도 되도록 초대에 빠지지 않으려고 노력했고 '빌코멘 인 베를린Willkommen in Berlin'(Welcome to Berlin, 베를린에 오신 것을 환영합니다), '아메리칸 클럽', '앰배서더스 클럽' 등 현지 부인들의 모임에 나갔다. 특히 '빌코멘 인 베를린'은 규모가 상당히 컸고 여러 가지 재미있고 흥미 있는 액티비티가 많았다.

어느 날 '빌코멘 인 베를린' 회장에게서 편지가 왔다. 한국 대사관을 신축했고 관저를 리모델링했으니 회원들을 초청하여 대사관과 관저를 한 번씩 소개해 주면 어떻겠냐는 것이었다. 나는 가슴이 덜컹 내려앉았다. 매주 몇 번씩 있는 독일 지인들 초청, 우리가 초대받는 경우, 분기별로 각 대사 관저에서 돌아가며 부부 동반으로 열리는 한·중·일 대사 만찬, 국경일 리셉션, 때때로 공무나 국제회의 등으로 서울에서 오는 손님들 접대와 각종 크고 작은 행사들도 버거운데 어떻게 이런 두 번의 큰 행사를 치른단 말인가. 물론 대사관 먼저 소개하고 그다음 해에 관저를 소개하면 되겠지만. 무엇보다도 두 번의 행사에 필요한 두 개의 서로 다른 주제 선정이 문제였다. 하지만 수시로 마주치는 사람들에게 매번 핑계를 댈 수도 없는 일이고 또 내가 처음 도착해서 관저를 둘러보며 했던, 전임자들의 수고에 보답하겠다는 나 나름대로의 다짐도 있었기에 우선 대사관부터 소개하겠다고 통보해 버렸다.

이제 이 행사들이 모두 끝나기 전까지는 베를린에서의 내 삶이 자유롭고 편할 수 없겠다는 생각이 들자 우울해졌다.

대사관 투어는 다행히 대사관 문화원에서 많은 도움을 주셔서 큰 실수 없이 화기애애한 분위기 속에서 행사를 마칠 수 있었다. 많은 회원들이 참석했고 대사관 로비에 간단히 준비한 음식과 인삼주스, 인삼아이스크림과 인삼차에 집중한 한식 다과상이 인기를 끌었다.

관저 투어는 천천히 생각해 보기로 하고 일단 한숨을 돌렸다.

∞

베를린에서의 두 번째 국경일 리셉션은 첫해와 어떻게 다른 변화를 주어야 하나 하는 고민이 시작될 무렵, 뜻밖의 반가운 이야기가 들려왔다. 한국 대사관의 문화원에서 선재 스님을 모셔 와 우리나라의 사찰음식을 소개하고, 한국에서 일하는 특급 호텔의 셰프들도 초청하여 한식을 알리는 큰 행사를 개최한다는 것이다. 그런데 마침 국경일 리셉션과 시기가 비슷하여 따로 진행하지 않고, 한국 셰프들이 소속돼 있는 호텔의 베를린 지점에서 함께 하기로 했다는 소식이었다. 더 성대하고 탁월한

효과를 거둘 수 있는 국경일 리셉션이 열리게 된 것이었다. 이런 행운이 찾아올 줄이야…….

마침 그 무렵 독일에서는 채식을 선호하는 풍조가 퍼져 있어서 선재 스님께서 소개하신 사찰음식은 손님들로부터 특별한 관심과 호응을 받았다. 또 우리나라 셰프들이 준비한 음식들도 맛은 물론이고 다양성과 창의성, 풍성함에 손님들 모두 감탄하며 즐겁게 시식했다.

이렇게 때맞춰 완벽한 행사가 열렸다는 것은 정말로 내겐 축복이었고 감사한 일이었다.

∞

저녁 무렵에 서울에서 전화가 왔다. 방금 전에 시어머님께서 소천하셨다고……. 어머님은 그동안 큰시누이가 모시고 있었는데 의사가 어머님의 상태를 한 달 정도로 예상하고 있었기에 남편은 마지막으로 뵈려고 잠시 귀국할 준비를 하고 있던 터였다. 귀국에 앞서 통화할 때 어머님은 의식이 오락가락하시던 상황에서도 당신 아들의 목소리를 알아들으시고 힘겹게 이름을 부르셨고 결국 그것이 마지막이 되었다. 비록 자식으로서 임종은 못 지켰지만 그래도 어머님께서 아들의 목소리를 듣고 떠나셨으니 그나마 정말 다행이었다.

대사관은 그 당시 하노버박람회를 앞두고 준비가 한창이어서 무척 바쁜 상황이었다. 매년 하노버에서 세계박람회가 열리는데 그해는 대한민국이 주빈국이었다. 남편은 자주 하노버에 가서 빈틈없도록 챙기고 있었는데, 어머님의 소천 소식을 듣고는 "아, 어머니께서 박람회 준비에 지장이 생길까 봐 나를 위해 서둘러서 가셨구나!" 하면서 울었다.

우리는 다음 날 서울로 향했다.

∞

어머님의 장례를 치르자마자 남편과 나는 슬퍼할 시간도 제대로 갖지 못한 채 즉시 베를린으로 돌아왔다.

드디어 박람회 개막일이 되었고 서울에서는 총리님

내외분과 많은 관계자들이 도착했다.

　나는 여독이 풀리지 않은 피곤한 상태에서 많은 사람들과 인사를 하고 지나치게 신경을 쓴 탓에 편두통과 어지럼증으로 서 있기도 힘들었다. 게다가 인사를 나누면서 빈속에 잠깐씩 입술에만 대었던 샴페인 때문인지 갑자기 실수할 것 같은 느낌이 들었다. 급히 밖으로 나가려고 몸을 획 돌리는 순간 중심을 잃었는데 그때 누군가가 뒤에서 나의 양어깨를 잡으며 받쳐주었다. 그 사람이 없었다면 술잔을 쟁반 위에 한가득 얹어 들고 오던 웨이터와 부딪혀서 사람들의 시선을 온통 집중시키며 크게 망신당했을 것이다. 너무도 고마워서 인사하려고 뒤를 돌아다본 나는 깜짝 놀라고 말았다. 그는 독일의 쾰러 대통령이었다. 나는 한 손으로 입을 막은 채 가볍게 목례하고 얼른 밖으로 나왔다.

∞

　남편은 뒤처리할 일이 많아서 하노버에 하루 더 머물기로 했고 나는 혼자 기차를 타고 먼저 베를린으로 향했다. 고속열차를 타고 엘베강을 건너 돌아오는 길은 그동안 누적된 나의 모든 피곤함을 씻어내는 치료제와도 같았다. 등을 기대고 앉아 창밖에 펼쳐진 풍경을 바라보니 가슴이 확 트이면서 찌뿌듯했던 몸이 새로운 기운으로 다시 채워지는 듯했다. 어제의 그 수많은 사람들 속에 섞여 있던 탁한 공기와 온갖 종류의 혼합된 냄새, 시끄러운 소리 등이 말끔히 씻기고 있음을 느꼈다.

임기 마지막 해의 초반에서 가장 큰 행사가 끝났으니 언제 독일을 떠나게 되더라도 후회 없도록 마무리를 잘해야겠다는 생각이 들었다.

우선 '빌코멘 인 베를린'의 회원들을 초대하여 관저를 소개하고 문화 행사를 여는 일이 상반기에 치러야 할 가장 중요한 일이었다. 10월 국경일 행사는 그때까지 우리가 베를린에 있게 될지의 여부에 따라 결정될 것이니 미지수이고, 우리가 아직 식사 초대를 하지 못한 대사들과 지인들을 초청하여 대접하는 일로 베를린 생활의 끝맺음을 하기로 계획을 세웠다.

이런 계획들을 정리하는 동안 머리가 맑아지며 생기와 의욕이 다시 샘솟았다.

'그래, 이제 남은 시간 최대한으로 잘 마무리해 보자.'

나는 가방을 어깨에 메고 기차에서 내려 가벼운 발걸음으로 택시 정류장을 향해 걸어갔다. 편두통과 어지럼증은 이미 씻은 듯이 사라진 뒤였다.

∞

'빌코멘 인 베를린' 회원 초청 행사가 5월 28일로 정해졌음에도 뚜렷한 계획을 세우지 못하고 고민만 하고 있었다. 내가 무엇을 할 수 있을지 도무지 아이디어가 떠오르지 않았다. 그렇다고 점심 식사만 대접하고 끝낼 수도 없어서 며칠간 골머리를 앓았다. 그러던 중에 문득 미국에 있을 때 친구 H가 강사로 와서 도와주었던 일이 생각났다.

나는 수소문 끝에 마침내 답을 얻었다. 직원 부인들 가운데 전통 다도를 하는 분이 있고, 색색의 비단으로 여러 가지 수예품을 전문가처럼 만드는 분도 있다는 반가운 소식을 들었다. 게다가 베를린에 있는 우리나라 절에 한국에서 스님이 오셨는데 서예가 아주 뛰어나시다

는 이야기도 전해 들었다. 더 이상 무엇이 필요하겠는
가. 자꾸 내가 무엇을 해보려고 했던 교만함이 부끄럽게
느껴졌다.

대사관 공보관실과 문화원의 도움으로 모든 준비가
순조롭게 진행되었다.

아침 일찍부터 문화원 직원분들이 와서 준비가 한창
이었다. 대사관 직원 부인들도 다수 참석하였다. 나는
마음을 가다듬고 이 관저의 역사에 관해 설명하기 위해
준비한 글을 다시 한번 큰 소리로 읽어보고 아래층으로
내려갔다.

손님들이 시간에 맞춰 오기 시작하더니 순식간에 방
이 가득 찼다. 모두들 관저를 돌아보며 칭찬을 아끼지
않았다. 이 관저에 대해 잘 알고 있다는 사람은 아직도
여우가 살고 있는지를 내게 묻기도 했다. 내가 목격했던
여우의 부부 싸움 이야기를 들려주자 그녀는 아주 재미
있어했다.

이 서기관님 부인은 다도 시연을 위해 한복을 단정하

게 입고 평상에 앉아서 조용히 대기하고 있었다. 곧이어 고요한 가운데 명상 음악과 함께 다도의 시연이 시작되었다. 마지막에는 시음도 이루어졌는데 시음 후에는 모두가 차의 맛과 향에 빠져서 한동안 정적이 계속되었다. 어느 누구도 큰 소리로 말하지 못하고 속삭이기만 했다.

두 번째로 우리는 옆방에 준비된 수예품을 관람했다. 역시 여성들이라서 예쁜 색색의 천으로 정교하게 만든 아기자기한 작품들에 매료되어 감탄을 연발했다. 작가이신 공보관님 부인께서는 쏟아지는 질문에 답변하느라 바빠 보이셨다.

다음으로 스님께서 편안히 자리를 잡으시고 각자 원하는 글이나 단어를 한글로 써주셨다. 스님의 글씨를 받으려고 줄을 서 있는 손님들의 모습이 마치 어느 인기작가의 출판 사인회에서 설레는 마음으로 자기 차례를 기다리고 있는 소녀들처럼 느껴졌다.

마지막으로 김 공사님 부인의 아리랑 피아노 연주가 다양한 버전으로 소개되었고 손님들은 곡 설명서를 읽으며 감상했다.

모든 순서가 잘 끝나고, 나는 간단하게 감사 인사를

했다. 이어 나와 한 셰프의 후임으로 온 정 셰프, 아제이가 각자 분담하여 준비한 점심 뷔페가 차려졌고 손님들은 봄날의 따뜻한 햇살이 가득한 관저의 방 세 개에 준비된 식탁에서 식사를 즐겼다.

신경은 많이 썼지만 모두가 한마음으로 힘을 합쳐 관저 문화 행사를 잘 마쳤다는 것에 나는 기쁨과 보람을 느꼈다. 참으로 감사하고 마음도 후련한 하루였다.

며칠 후, 그날 참석했던 독일인 피아니스트로부터 전화가 왔다. 자기가 스님께 '하모니'를 써달라고 해서 받은 글씨를 액자에 넣어 피아노방 벽에 걸어놓고 한국인 피아니스트를 불러 자랑했는데 막상 그녀의 표정이 이상하더라고. 잠시 머뭇거리더니 그 글씨는 '하모니'가 아니고 '할머니'라고 가르쳐주었다며 깔깔대고 웃었다. 나도 너무 우스워서 우리는 한참을 웃고 또 웃었다. 그러면서 자기는 오히려 '할머니'라고 써준 스님이 고맙다고, '하모니'보다 더 마음에 든다며 좋아했다.

손님들은 자기가 받아 간 글씨를 볼 때마다 그날 관저 행사와 대한민국을 기억하겠지. 한글도 하나씩 배웠을 테고.

∞

7월 25일 바이로이트음악제가 열리는 날, 우리는 바이로이트 출신의 국회의원이자 한독협회 독일 측 회장의 초대를 받고 참석하게 되었다.

매년 바그너의 오페라를 공연하는 음악제인데 독일인들이 가고 싶어 하는 축제이기도 하다. 간혹 유명인들이 특이한 화장에 개성 있고 독특한 차림으로 나타나기 때문에 그러한 볼거리로 사람들의 호기심을 더욱 불러일으키며, 그중에서 가장 주목을 받은 사람은 다음 날 신문에 크게 기사화가 된다.

나는 한복을 입고 갔는데 단 한 명의 한복 입은 나를 힐끗힐끗 쳐다보는 것이 기분 좋았다.

개인적으로는 이태리 오페라가 더 재미있고 친숙한 느낌이지만 너무도 귀한 기회여서 감사하는 마음으로 집중해서 관람했다.

초대받은 손님들은 중간에 함께 간단한 저녁 식사를

하도록 되어 있었고 독일 총리 등 유명 인사들이 대부분 이었는데 대사들도 몇 명 눈에 띄었다. 나는 낯선 사람들 틈에서 먹기만 하고 앉아 있으려니 숨이 막혀 소화도 잘 안 될 것 같았다.

내 옆자리에 앉은 사람은 아버지와 함께 온 젊은 여자로 음악적 지식이 정말 풍부했다. 이번엔 바그너의 작품을 현대적으로 해석해서 무대에 올렸다며 내가 이해하지 못했던 많은 부분을 알기 쉽게 설명해 주었다.

시작종이 울리자 공연장이 있는 건물을 완전히 잠가 버려서 바깥에 있는 건물의 화장실에서 줄이 길어 늦게 나온 나와 몇몇의 사람들은 허둥대며 들어갔다. 남편은 초조한 얼굴로 로비에서 서성거리며 나를 기다리고 있었다.

다음 날 아침, 베를린으로 돌아오는 길은 무척 상쾌했다. 독일은 어디를 가든지 각 주의 특징이 잘 지켜져 있으면서도 깨끗하게 정돈되어 있었다. 특히 시골의 농가들이 참으로 예뻤다. 잘 가꾸어놓은 집들과 아기자기하게 꾸며놓은 작은 정원들, 추수를 기다리는 풍요로운 들

판. 베를린으로 돌아오는 길은 정말로 자연의 아름다움
으로 충만한 감성의 여정이었다.

∞

주독일 영국 대사에게서 저녁 식사 초대장이 왔다. 본
인이 직접 손글씨로 쓴, 꼭 와달라는 간곡함이 느껴지는
초대장을 보니 남다르게 생각되어, 즉시 참석한다는 답
을 보냈다.

그는 우리가 인도에 있을 때 뉴질랜드 대사 관저 만찬
에서 처음 만났다. 그때 내 옆자리에 앉았는데 서로 기
본적인 대화를 주고받다가 우연히 음악 이야기를 하게
되었다. 젊은 시절 그는 피아노 연주가를 꿈꿨으나 아버
지의 반대로 꿈을 이루지 못하고 외교관이 되었다며 요
새도 시간이 나면 피아노를 친다고 말했다. 내가 피아노
를 전공했다고 하자 그는 반색하며 질문을 쏟아냈고 언
제 피아노 듀오를 함께 하면 좋겠다고 했다.

그 말을 들은 후로 나는 혹시 그가 또 피아노 듀오에
관한 이야기를 꺼낼까 두려워 인도에 있는 내내 파티에

서 그와 마주치지 않으려고 노력했다. 그런데 공교롭게도 우리와 같은 해, 같은 달에 그도 독일로 발령이 났다. 결국 6년을 같은 길을 걸은 셈이다.

우리가 영국 관저 만찬에 초대받은 날은 춥고 비가 많이 오는 저녁이었다. 문을 열고 들어가니 고풍스러운 분위기에 벽난로에서는 장작이 타고 있어 운치를 더했고 역시 세월이 느껴지는 그랜드피아노가 있었다. 언제라도 피아노 앞에 앉기만 하면 멋진 연주가 가능할 것 같은 분위기였다. 마치 독일에서 종종 열리는 하우스 콘서트를 지금 당장 시작할 수 있을 듯한 그런 분위기.

그는 나를 피아노 앞에 데려가 자신이 요새 연습하고 있는 곡의 악보를 보여주며 많은 이야기를 했지만, 나는 그가 또 피아노 듀오에 대해 말하면 어쩌나 하는 생각에 사로잡혀 집중할 수가 없었다.

손님들은 우리를 포함해 모두 인도와 관계있는 사람들이었다. 대사 부부와 친한 인도 친구 가족이 독일을 방문해서 관저에 묵고 있었고, 주인도 독일 대사였던 부부, 학자 등이 자리에 함께했다.

숨이 막히는 불편한 자리가 될 줄 알았는데 '인도'라는 공통분모 덕분에 예상외로 편안하고 화기애애한 시간이었다.

∞

베를린은 다른 대도시와 달리 대중교통 수단이 비교적 잘되어 있어서 시내를 편하게 다닐 수 있었다. 더욱이 어렸을 때의 교통사고로 인해 운전하길 꺼렸던 나는 항상 대중교통을 선호했다.

운 좋게도 관저 근처에 시내를 왕복하는 M19 2층 버스가 다녀서 정말 편했다. 주택가에 이렇게 버스가 다니고 버스에서 내려다보는 동네 길도 예뻐서 나는 언제나 버스의 2층 맨 앞자리에 앉기를 좋아했다. 특히 추운 겨울 눈이 많이 내리면 하얗게 눈 덮인 세상을 내려다보는 기분이 정말 상쾌했다. 크리스마스가 다가오면 집집마다 경쟁이라도 하듯이 화려한 장식으로 치장하는데 햇빛에 반사되어 더욱 빛나는 하얀 눈과, 눈옷을 걸친 나무들, 반짝이는 예쁜 장식들이 성탄절의 기분을 한층 더

끌어 올려서 버스 맨 앞에 혼자 앉은 나는 마치 버스라
는 썰매를 타고 달리는 산타클로스가 된 것 같은 착각을
하게 된다.

그러나 하겐플라츠 정류장에 도착하면 어쩔 수 없이
버스에서 내릴 수밖에…….

정류장 바로 앞 모퉁이에는 조그만 이태리 식당이 있
는데, 배가 많이 나오고 머리가 벗겨져 하얀 뒷머리와
콧수염만 기른 주인이 버스에서 내리는 나를 향해 손을
흔든다. (우리는 주말에 가끔 인형의 집 같은 그 식당에 가서
점심을 먹곤 했다.) 그는 볼 때마다 식당 앞에서 전화를
하거나, 담배를 피우거나, 동네 사람과 이야기를 하고
있었다. 하지만 매번 반갑게 손을 흔들어주는 친절한 아
저씨였다.

한번은 버스에서 내린 나에게 손짓을 하더니 책 한 권
을 내밀었다. 뭐라고 이야기를 하는데 나는 독일어를 못
하고 그는 영어를 못해서 잠시 쩔쩔매더니 식당 안으로
들어가 영어를 하는 직원을 데리고 나와서 설명을 해주
었다. 그는 크로아티아의 시인이고 이번에 새로 발간한

시집을 내게 선물하고 싶다고. 나는 감사하다고 말하고 시집을 받아서 가슴에 안았다.

집으로 가려다가 나는 발걸음을 돌려 근처 조그만 찻집으로 들어갔다. 시집을 선물 받은 날인데 그냥 돌아가기가 아쉬웠다.

찻집 문을 여니 수많은 눈동자들이 일제히 나를 쳐다보았다. (그곳은 거의 동네 할머니와 할아버지들의 사랑방 같은 곳이다.) 처음 갔을 때는 무척 당황했지만 이젠 그분들도 내가 누구인지 아는 것 같았다. 우리 관저에는 항상 태극기가 휘날리고 있고, 내가 드나드는 것을 보았을 것이다. 그리고 우리나라 국경일 리셉션에 참석했던 이웃들도 있을 테니.

커피 향과 미각을 자극하는 갓 구운 빵의 구수한 냄새를 맡으며 나는 방금 받은 시집을 펴고 시를 한 줄 한 줄 눈으로 짚어가면서 책장을 넘겼다. 전혀 이해하지 못했지만 그래도 행복했다. 아름다운 동네 풍경, 시집, 맛있는 냄새와 왠지 가깝게 느껴지는 동네 사람들로 인해 나는 그저 행복했다. 충분히.

몇 년 전에 독일을 다녀온 사람한테 그 시인의 안부를 물었더니 그는 식당을 정리하고 자기 나라인 크로아티아로 돌아갔다고 한다. 내가 버스에서 내릴 때마다 손을 흔들어주고 식당에 가면 하몽도 몇 조각 서비스로 주었는데. 우리나라 국경일 행사 때마다 딸과 함께 찾아와 축하해 주던 좋은 이웃이었는데. 섭섭했다.

∞

주독일 미국 대사가 우리를 저녁 식사에 초대했다. 미국 대사 관저는 좀처럼 구경하기 어려운 곳이라서 나는 잔뜩 기대를 하고 갔다.

관저 안으로 들어서자 마치 미국 드라마 속의 어느 대저택을 방문한 듯 익숙한 풍경이 눈앞에 펼쳐졌다. 실내는 엄청난 양의 꽃과 은은한 양초를 곳곳에 장식해 아주 부드럽고 여성적이며 아늑한 느낌을 자아냈다. 고전적이고 다소 엄격한 인상을 주던 영국 대사 관저와는 다르게 밝고 자유롭고 따뜻한, 전형적인 미국 가정의 모습이었다. 음식도 뭔가 익숙하고 모인 손님들도 마치 여느 가정집 잔치에 온 듯 가족적인 분위기가 느껴져 전혀 부담이 없었다.

독일에 있는 동안 여러 나라의 대사 관저에 초대받는 일은 대단히 흥미로웠다. 각 대사관의 관저마다 그 나라의 특색을 살려 꾸민 실내를 구경하고 고유한 음식을 맛보는 것은 쉽게 경험할 수 없는 일이기에 초대를 받을 때마다 나는 무척 기대가 되었다.

그리고 특별히 아이디어를 얻는 일도 있었다. 언젠가 나는 아주 재미있는 식탁 좌석 배치를 배웠다. 일반적으로 식당 앞에 좌석 배치도를 준비해 놓으면 손님들이 그걸 보고 자리를 찾아간다. 그런데 그날 만찬에는 식당 입구에 각기 다른 종류의 작은 꽃묶음들이 은쟁반 위에 놓여 있었다. 손님들 각자가 마음에 드는 꽃묶음 하나를 들고 식당 안으로 들어가서 식탁에 이미 놓인 똑같은 꽃묶음을 찾아 그 자리에 앉는 것이었다. 그러고 나면 웨이터가 이름을 적은 카드를 앞에다 가져다놓는다. 아이디어가 너무도 재미있고 기발해서 나는 지인들을 초대한 오찬에 그 방법을 사용했고 참석자들 모두 소녀들처럼 좋아했다.

여러 나라의 관저에 초대되어 다니면서 난 내가 너무 부족하고 미흡한 점이 많다는 것을 느꼈고 끊임없는 노력과 새로운 시도가 필요하다는 것을 절실히 깨달았다.

∞

새해가 되면 대통령 부인이 외교단 부인들을 대통령궁으로 초대해서 다과를 함께 하는 행사가 열린다. 어쩌면 이번이 마지막이 될지도 모른다는 생각에 좀 더 여유를 가지고 둘러보려고 시작 시간보다 일찍 도착했다.

대부분 아는 얼굴들이어서 서로 인사를 나누고 있는데 뒤에서 누군가가 기척을 내는 듯해서 돌아다보니 대통령실의 의전장이 웃는 얼굴로 서 있었다. 그는 나와 대화를 나눈 적은 없지만 리셉션에서 여러 차례 만난 적이 있어서 아주 낯선 사람은 아니었다. 내게 할 말이 있는 것 같아 그에게 다가가니, 오늘 참석한 실내악 연주가들은 모두 한국 유학생들이라며 나를 데려가 그들에게 소개를 했다. 정말 기쁘고 반가웠다. 그런 곳에서 젊은 한국 유학생들의 연주를 듣게 되다니……. 한국 대사의 아내라는 입장에서 나는 감격스럽고 자랑스러웠다. 내 가족을 만난 것같이. 또한 바쁜 중에도 그 많은 사람들 가운데 나를 찾아와 연주가들을 만나게 해주는 의전장의 세심하고 온화한 배려가 고마웠다.

남편과 가깝게 지냈던 그는 우리 대사관의 모든 행사 때는 물론 남편의 이임 리셉션에도 찾아와 끝까지 함께해 준 곧고 철저한 전형적인 독일 사람이었다. 우리가 독일을 떠난 후에 그는 이웃 나라의 대사로 부임했다고 들었다.

∞

주독일 미국 대사가 곧 이임하게 되었다는 소식을 듣고 우리는 관저에서 송별 오찬을 하기로 했다. 그날은 눈이 아주 많이 내렸는데 정원이 한눈에 보이는 소식당에서 간단하게 점심을 준비했다. 마침 일본 대사가 새로 부임했기에 함께 초대했다.

미국 대사는 다른 나라 대사들과는 다르게 경호원이 늘 함께 다닌다는 소문을 들어서 정 셰프에게 경호원의 식사도 준비하는 게 좋겠다고 했다. 그런데 손님을 마중하기 위해 현관에 나갔던 나는 깜짝 놀랐다. 마치 장갑차같이 생긴 차들이 대사 부부가 탄 차를 둘러싸고 있었고 경호원도 두 명 정도로 예상했는데 일고여덟 명은 되는 것 같았다. 정 셰프와 아제이가 오찬 음식을 만들면서 그 많은 경호원들의 점심까지 도저히 감당할 수가 없을 것 같았다. 처음엔 무척 당황했지만, 지난번 반기문 UN 사무총장님이 방문하셨을 때도 경호원들이 식사는커녕 관저에서 제공하는 음료수조차도 사양했던 터라 이번에도 그럴 것 같아 신경 쓰지 않기로 했다.

오찬이 끝난 후 손님들을 배웅하기 위해 나가자, 그 많은 경호원들이 일제히 점심을 잘 먹었다며 내게 인사를 하고는 가면서 손까지 흔들었다. 나도 얼떨결에 웃으면서 답례하고 서둘러 부엌으로 내려가 보니, 그 바쁜 와중에도 정 셰프는 고추장파스타를 새로 만들어서 이것저것 곁들여 경호원들을 대접했다며 대수롭지 않게 말했다.

역시 셰프는 달랐다. 순발력과 기지를 발휘해 그 많은 장정들에게 식사 대접을 했으니 식사 외교를 톡톡히 한

셈이었다. 우리 둘째 아들과 동갑인 20대 청년인데. 정말 능력 있는 셰프를 모셔 온 것 같았다.

∞

부활절 휴가를 맞아 우리는 기차를 타고 빈을 찾았다. 마땅히 가고 싶은 곳도 없었고 서울에서 혼자 고생하고 있을 주야를 생각하니 여행 가는 게 그리 내키지 않았다.

빈에 도착한 다음 날, 우리는 유람선을 타고 도나우강을 따라 내려가다가 어느 지점에서 다시 돌아오면서 슬로바키아의 수도 브라티슬라바에 잠깐 내려서 구경하기로 했다. 배에서 내리자마자 현지인이 다가와, 점심을 포함하여 가이드가 안내를 해주는 세 시간짜리 관광 코스가 있다며 소개하기에 우리는 그냥 그 코스를 택했다.

가이드를 따라서 설명을 들으며 시내로 들어가 간단한 슬로바키아식 점심 식사를 했다. 다시 시내 중심가 쪽으로 걸어가면서 구경하고 사진 찍고 처음 출발했었던 근처의 마켓 스퀘어로 돌아왔다.

가이드와 헤어진 뒤 배를 타기 전까지 시간이 좀 남아

서 우리는 광장에 있는 카페에 앉아 커피를 마시면서 지나가는 사람들을 구경하며 시간을 보냈다. 이상하게도 나는 길거리 카페에 멍하니 앉아 사람 구경, 거리 구경하는 것을 좋아한다. 또한 유럽의 마켓 스퀘어나 옛 성곽 주변의 길을 걸어 다닐 때의 느낌을 좋아한다.

중세의 길은 조그만 돌들을 질서 있게 규칙적으로 박아놓은 형태로 이루어져 있는데, 광장에 앉아 바닥을 내려다보면 옛날 고전 영화에서 보던 말 탄 기사들과 마차 등이 소리와 함께 떠오른다. 달리는 말발굽 소리, 말이 '히잉' 하는 소리, 마차 바퀴의 덜커덕거리는 소리 등이 귓가에 울리는 듯하다. 그 옛날 있었던 수많은 이야기와 사건들이 광장 바닥에 박힌 수많은 작은 돌조각처럼 이 좁고 넓은 길들 곳곳에 빼곡히 묻혀 있겠지.

광장을 한 바퀴 돌고 배 타는 곳으로 가자는 남편의 말에 나는 바닥에서 시선을 떼고 일어섰다. 그러다가 광장 모퉁이에 작은 상을 놓고 앉아 뜨개질을 하고 있는 한 아주머니를 발견하고 천천히 그 쪽으로 발걸음을 옮겼다. 조그만 상 위에는 직접 수를 놓은 식탁보, 손수건 등 수예품 몇 개가 초라하게 놓여 있었는데 문득 하얀 레이스 실로 뜬 천사 인형이 눈에 들어왔다. 날개는 금색 실로 아름답게 짜여 있었다. 나는 첫눈에 그 조그만 천사에게 빠져서 혹시 다른 사람에게 빼앗길까 겁이 나 급히 사버렸다.

배를 타고 빈으로 돌아오면서, 이번 여행은 어쩌면 이 조그만 천사 인형을 만나기 위해 떠난 게 아니었을까 하는 생각이 들었다.

그로부터 15년 후, 2023년에 언니가 많이 아파서 병원에 오래 계셨다. 면회 시간이 너무 짧게만 허용되는 상황에서 언니가 외롭지 않도록 나는 누군가 언니를 위로해 주고 지켜주었으면 하는 생각이 들었다.

천사 인형은 계속 언니 옆에 함께 있었고, 지금도 천국에서 언니와 함께 지내고 있다.

고마워, 천사 인형! 언니를 외롭지 않게 해줘서…….

∞

대사가 임기 3년 차에 접어들면 2년 6개월 만에 임지를 떠나게 되는 경우도 있기 때문에 우리는 마음의 준비를 하고 있었다. 그런데 예상했던 것과 달리 우리는 독일에서 온전히 3년을 채우게 되었다. 결국 마지막 국경일 행사를 준비해야 했다.

독일은 가을로 접어들면 날씨를 예측하기가 힘들었다. 그래서 관저 정원에서 열릴 리셉션 당일의 날씨가 큰 걱정이었다. 아니나 다를까, 예정된 날은 하루 종일 비가 온다는 기상예보가 나왔다. 처음에는 막막했지만 이것이 관저의 실내를 보여줄 기회가 될 수 있을 거라는 긍정적인 생각으로 나의 염려를 달랬다.

그러나 3백 명이 넘는 손님을 감당하기에 관저 1층의 공간은 확실히 충분치 않았다. 여러 가지 복잡한 문제가 따를 수밖에 없었다. 남편은 남편대로 직원분들과 상의하고 나는 정 셰프, 아제이와 의논하여 며칠을 고심한 끝에 결국 최선의 방법을 찾아냈다.

현관 입구부터 차례대로 방마다 번호를 정해 각 방에 준비될 음식을 소개하고 화살표로 다음 방을 안내하는 지도를 만들었다. 정원이 보이는 소식당의 테라스에 그릴을 준비하여 고기를 굽고, 소식당에서는 전을 부치기로 했다. 비 오는 날은 역시 부침개가 아니겠는가? 현관 옆의 복도에는 음료를 준비하는 테이블을 벽에 바짝 붙여 다닐 수 있는 공간을 넉넉하게 확보했다. 모든 공간을 최대한 효율적으로 이용하여 지도를 보며 각자 어디에 무슨 음식이 있는지 놓치지 않고 찾을 수 있도록 준비했다.

그러나 막상 행사 당일이 되고 보니 예상보다 비가 많이 쏟아졌다. 나는 비가 많이 내리면 사람들이 적게 올 수도 있다는, 해서는 안 될 은근한 기대감을 가졌다. 또 참석하더라도 인사만 하고 가는 경우도 많아서, 사람들이 이 혼잡한 상황을 보면 스스로 그냥 가주겠지 하는 바람을 슬며시 품어보기도 했다.

그러나 웬걸, 시간이 되기도 전에 손님들이 우산을 쓰고 관저 밖의 길까지 줄을 서서 기다리는 모습에 나는 가슴이 쿵 하고 내려앉았다. 그리고 그 순간 모든 기대와 바람을 버렸다. 손님들 어느 누구의 얼굴에서도 힘들거나 불편하다는 표정을 찾아볼 수 없었고 오히려 기대에 찬 눈빛이었다. 모리타니에 있을 때부터 느꼈지만 일반적으로 서양 사람들은 조상들로부터 개척 정신을 물려받아 그런지 힘든 상황에 대해 초연해 보였다. 불편함을 극복하는 것을 오히려 즐기는 것 같았다.

남편과 나는 현관 앞에서 손님들을 맞이하느라 더 이상 걱정할 여유도 없었다. 손님들은 안내서를 보며 스스로 이 방 저 방 다니며 음식을 맛보았고 실내에 꽉 찬 손님들 모두가 우울한 바깥 날씨와는 다르게 밝고 즐거워 보였다. 도리어 이런 색다른 기회를 즐기는 듯 각 방들을 열심히 돌아다녔다.

부침개가 너무 인기가 좋아서 아제이 혼자 감당하기에는 역부족이라며 한 공보관님 부인을 비롯한 직원 부인들께서 손을 보태주었다. 한복을 곱게 차려입었음에도 불구하고 허리를 질끈 동여매고 기름 냄새에도 아랑곳하지 않는 모습이 참 고마웠다. 동양이나 서양이나 궂은 날씨에는 역시 기름 냄새가 풍겨야 제맛이고 잔치엔 고기 굽는 냄새가 풍겨야 흥이 돋는다는 말이 한층 더 실감이 났다.

요리를 잘하셔서 특히 젊은 부인들의 스승이 되신 박 공사님 부인이 소고기뭇국을 맡아주셨다. 설거지와 정리는 아르바이트를 하는 교포 두 분의 도움을 받았다.

비가 많이 올 거라는 일기예보에 무척 염려했지만 실내에서도 이런 경험을 할 수 있어서 오히려 전화위복이 되었다.

첫해에는 정원에서, 두 번째 해에는 엄청난 규모로 호텔에서, 마지막 해에는 관저 실내에서. 나는 독일에 처음 왔을 때 나 스스로에게 했던 약속을 지켰다는 생각에 마음이 뿌듯해졌다.

∞

우리가 이임한다는 소식이 전해지며 과거에 근무했었던 나라들을 선두로 송별 초대가 이어졌다. 처음 시작은 인도 대사의 초청이었고 다음은 싱가포르 대사였다.

이제부터 바빠질 것을 예상하고 작별 인사를 나누고 싶은 사람들과 마지막으로 만날 수 있도록, 초대하고 싶은 사람들을 우리가 스스로 정하게 하는 경우가 많았다. 나는 그러한 마음 씀씀이가 정말 고마웠다. 떠나는 사람을 배려해 주는 따뜻함이 느껴졌다.

연이은 송별 식사 초대가 거의 끝나고 주한국 독일 대

사를 역임했던 G대사와 주독일 일본 대사인 S대사의 초
대만 남았다. S대사 부인의 요청으로 제일 끝 순서는 일
본 대사 관저에서 하게 되었다.

　G대사는 한국에 근무할 당시 우리나라의 정·재계와
문화계의 유명 인사들과 친분을 가졌던 아주 바쁜 사람
이었다. 그가 한국 근무를 끝내고 독일로 귀임했을 때
우리는 G대사 가족을 관저에 초대했었고 그 인연으로
우리가 이임하게 되자 G대사가 저녁 초대를 했다. 서울
에서 바쁘고 화려하게 살았던 것과는 대조적으로 그는
직접 요리를 해서 우리를 대접했고 부인은 집 구경을 시
켜주며 그들의 소박하고 검소한 일상을 그대로 보여주
었다. G대사는 퇴임 후 매일 도서관에서 자원봉사를 하
고 있었고 부인은 직장을 다닌다고 했다. 너무도 맑고
곧은 사람들이었다.
　식사 자리가 끝난 뒤 관저로 돌아오며, 나는 여러 가
지 복잡한 생각 속에서 우리의 퇴임 이후의 삶을 그려보
았다.

드디어 베를린에서의 마지막 송별 저녁 초대 날이 되었다. S대사 내외는 그동안 우리와 아주 가깝게 지냈다. 특히 부인이 다정하면서도 활동적이었고 독일어도 능숙했다. 그녀는 뜻밖에 나를 아주 좋아해서 처음엔 좀 의외였지만 나도 점점 좋은 감정을 갖게 되었고 친한 사이가 되었다.

나는 S대사 부인이 얼마나 진심으로 정성을 다해 준비했는지 자리에 앉자마자 느낄 수 있었다. 음식과, 그녀의 송별사, 일본의 집 주소와 전화번호까지 적힌 편지와 작은 선물에서 그녀의 진실된 우정을 느낄 수 있었다.

무슨 우연의 일치였는지 뉴델리와 베를린에서의 마지막 송별 만찬은 모두 일본 대사 관저에서 이루어졌다. 뉴델리에서는 당시 일본 대사였던 E대사가, 우리가 식사를 함께 하고 싶어 했던 노르웨이 대사와 당시 주인도 독일 대사인 M대사를 초대해 주어서 아주 맛있고 화기애애한 저녁을 만들어주었다.

베를린에서도 우리는 다른 참석자들과 함께 M대사 부부를 초대했다. 결국 M대사는 뉴델리와 베를린 두 곳에

서 우리의 마지막 송별 만찬을 함께 한 정말 귀한 인연
이었던 셈이다.

∞

독일에서 더 이상 큰 행사는 없을 줄 알았는데, 대사
관 문화원 주최로 유럽에서 활동 중인 한국의 젊은 연
주가들이 출연하는 음악회가 오페라하우스에서 열렸다.
유럽에서 공부를 하고 국제 콩쿠르에서도 입상 경력이
있는 실력 있는 연주가들이었다. 음악을 전공한 나로서
는 이보다 더 귀하고 뜻깊은 이별 선물이 없을 것 같았
다. 더군다나 나와 친했던 지인들을 이 연주회를 계기로
한 번 더 만날 수 있게 될 것이고.

리셉션에서는 교민분들도 많이 만나서 인사를 드릴
수 있었다. 감격스러울 정도로 훌륭한 연주에 사람들과
의 따뜻한 정을 나눌 수 있었던 훈훈하고 멋진 음악의
밤이었다.

∞

아침 일찍 나는 숲속의 호수를 찾았다. 내일은 이임 리셉션이 있고 모레 아침에 베를린을 떠나니 오늘 호수와 조용한 작별의 시간을 갖고 싶었다.

우선 호숫가 숲길을 한 바퀴 걷고 난 후 나는 나의 안식처에 가서 고목 벤치에 자리를 잡았다. 지난 3년간 거의 매일 찾았던 이곳, 무거운 마음으로 찾아오더라도 가벼운 마음으로 돌아가게 해주었던 나의 유일한 안식처. 이곳이 없었다면 나의 베를린 생활은 안정되지 못하고 외로웠을 것이다.

주위를 둘러보니 아무도 없었다. 나는 작은 소리로 호수에게 작별을 고했다.

"호수야, 나 모레 베를린을 떠나. 늘 여기 와서 위로를 받고 새 힘을 얻곤 했는데 오늘이 마지막이네. 내가 서울로 돌아가더라도 이 숲속 풍경은 내 눈에, 마음에 언제까지나 그대로 남아 있을 거야. 어디에 벤치가 있는지, 어디에 가면 개구리가 있는지, 어디에 가면 무슨 꽃들이 피어 있는지까지도. 그동안 정말 행복했어. 한 가지 부탁이 있어. 지난 세월 나를 힘들게 했던, 다섯 살

때부터 내가 변함없이 이끌고 온 그 죄책감을 여기에 두고 가려고 해. 이젠 모든 무거움에서 자유로워지고 싶어. 서울로 돌아가면 아주 가볍고 편안하게 노년을 보내고 싶어. 너도 이 푸른 숲속에서 여러 친구들과 함께 영원토록 행복하게 잘 지내길 바랄게. 안녕."

내 인생에서 최초의 감정은 불행하게도 죄책감이었다. 나의 성장과 함께 가슴속에 깊이 뿌리내렸던 그 죄책감을 나는 이렇게 호수에게 맡겼다.

관저로 돌아오는 길은 종이 한 장의 무게보다도 가볍고 홀가분한 느낌이었다. 모든 무거움을 호수가 다 받아주었기에.

고맙다. 숲, 호수, 고목 벤치, 안녕!

오늘은 우리의 이임 리셉션이 있는 날이다. 대사관 로비에서 독일 측 관계자들과 외교단 그리고 교민분들을 모시고 간단하고 소박하게 작별의 시간을 가졌다. 특히 파독 간호사이셨던 분들이 많이 찾아주셔서 나는 그분들과 수없이 껴안았고 사진도 찍었다. 정말 눈물 나게 고마웠다.

리셉션이 끝난 후 대사관 카페테리아에서 모든 대사관 직원분들과 부인들과 함께 국수와 김밥으로 마지막 저녁 식사를 했다. 식사를 마치고 나서 나는 곧 일어나 고개 숙여 짤막하게 "안녕히 계십시오"라고 인사하고 자리를 떴다.

이로써 독일 생활 3년의 공식적인 무대의 막이 내려졌다.

∞

이임 리셉션이 끝난 이튿날, 나는 집 문제와 곧 전역하는 작은아들의 일로 남편보다 조금 먼저 귀국길에 올랐다.

새벽에 일어나서 3년간 살았던 관저를 마지막으로 한번 둘러보고 정원에 나가 보이지는 않지만 여우 가족에게도 작별 인사를 했다. 짐을 마루로 옮기려다 나는 '악' 하고 소리를 질렀다. 손목에서 '뚝' 하는 소리가 나더니 통증과 함께 부어오르기 시작했다. 아마도 손목의 작은 뼈 하나가 부러진 듯했다. "그동안 그렇게 수없이 짐을 싸고 풀고 했으니 이제 뼈가 부러질 때도 되었지. 뼈도 은퇴할 때를 아네"라고 중얼거리며 나는 불쌍한 나의 손목을 어루만졌다. 베스가 얼른 달려와 약을 바르고 붕대를 감아주었다.

현관 앞에서 기다리고 있던 관저 직원들과 악수를 하며 고맙다고 말했다.

베스는 한 선생님께서 공항에 나오신다기에 선생님께 내 손목 이야기를 했으니 치료 잘 받고 떠나라며 눈물을 글썽였다. 똑똑한 베스. 그러면서 내 짐 속에 자기가 준비한 선물을 몰래 넣었다고 울먹이며 말했다. 나는 아무 말 없이 베스를 안아주었다.

공항에 도착하니 직원 부인들께서 많이 나와 계셨다. 나는 고맙고 미안하면서도 서양 사회에서는 드문 일이기에 좀 쑥스러웠다. 한 선생님께 치료를 받고 마지막 인사를 드렸다. 우리에겐 참으로 고마우신 의사 선생님이었다.

나는 출국장으로 들어가기 전에 다시 한번 직원 부인들께 간단히 목례를 하고 얼른 안으로 들어가 버렸다.

안녕, 베를린! 고마웠어!

| 독일을 떠나며 |

베를린 테겔공항에서 에어베를린을 타고 프랑크푸르트공항에 도착했다. 어느 순간부터 신기하게도 베를린에 대한 생각은 사라지고 내 마음은 서울로만 달려가고 있었다.

아직 아무도 없이 텅 빈 대한항공 게이트 근처에 가서 앉으니, 그제야 마음이 안정됨을 느꼈다. 그러나 그것도 잠시, 연이은 그동안의 송별 식사 초대로 인해 누적된 피로가 물결처럼 밀려왔다. 나는 눈을 감고 아무 생각 없이 쉬려고 했지만, 순간 이 비행기에 탑승하는 것으로 더 이상의 외국 생활은 없다고 생각하니 바쁘고 활기차게 살았던 지난날이 떠오르며 다소 섭섭한 마음이 일었다.

　스물다섯 아기 엄마가 어정쩡하게 가슴에 아기를 매달고 생애 처음으로 외국 땅을 밟았던 그 어리바리했던 모습이 떠올랐다. 처음 시작부터 어려움투성이였지만 그런 어려움을 극복하는 과정을 통해서 어둡고 소극적이었던 내 성격이 서서히 바뀌어갔고 어느 정도 자신감과 용기도 생겨났다. 무엇보다 귀한 것은 식구들끼리 여러 가지 추억을 공유하게 되었다는 점이다. 함께 나눌 수 있는 대홧거리가 늘 존재했다.

　코펜하겐에서부터 베를린까지 오는 동안 나는 정말 운이 좋았던 사람이다. 항상 내 옆에는 나를 도와주고 격려해 주는 좋은 사람들이 있었다. 뭔가 어설프고 실수가 끊이지 않고 부족한 내 주위에 그런 사람들이 있었기에 일곱 나라를 거치는 동안 무사히 지낼 수 있었다. 생각할수록 감사하고 또 감사하다.

나는, 긴 세월 동안 수없이 짐을 싸고 풀고 수없이 많은 사람들을 대접했던 거칠어진 내 손을 부드럽게 어루만졌다. 아침에 다친 가엾은 손목까지.

"그동안 정말 수고 많았어."

가슴속에서 뭔가가 울컥 솟아올랐다.

마침내 기다리던 방송이 나왔다. 탑승을 시작한다고. 나는 눈을 번쩍 뜨고 일어나 탑승구 쪽으로 씩씩하게 발걸음을 옮겼다.

안녕, 독일! 안녕, 지난 세월이여! 난 이제 우리나라로 돌아간다!

나의 노년은 과연 앞으로 어떻게 펼쳐질지……. 즐거운 상상을 해본다.

매일 아침 묵상을 하기 위해 성경책을 펴면 제일 먼저 만나게 되는 내 돌 사진. 이상한 헤어스타일에 눈을 내리깔고 고사리 같은 손으로 행여 놓칠세라 연필을 꼭 잡고 있는 한 살 된 나와, 아기가 너무도 사랑스러워서 아기를 쳐다보는 눈에서 꿀이 뚝뚝 떨어지고 있는 엄마. 보물 같은 나의 돌 사진이다.

항상 그 자리에 끼워져 있는 사진으로만 여겼었는데 어느 날부터 그 사진은 내게 큰 의미로 다가왔고 결국 이 책을 쓰는 하나의 동기가 되었다.

재작년에 나는 큰 수술을 받고 재활을 위해 요양병원에 한 달간 입원했었다. 칠십이 된 내게는 육체적인 부담이 컸기에 3일 연이어 밤마다 섬망이 나타나 잠을 이루지 못했다. 새벽마다 귀에서 온갖 생소한 말이 시끄럽게 들리며 나의 신경계를 교란시켰다.

몸을 자유롭게 움직일 수 없는 상태에서, 하루아침에 낯선 사람들과 어울려 정해진 규칙에 따라야 하는 것이 무척 괴로웠다. 일주일에 한 번 허락되는 가족과의 만남, 오직 그 소중한 이십 분을 생각하며 한 주 한 주를 버텨냈다. 그러한 경험은 훗날 요양원에서 나의 마지막을 보내는 상상을 하게 만들었다.

내가 있었던 요양병원은 뇌졸중 환자들과 암 환자 그리고 나처럼 수술 후에 재활을 위해 입원한 환자들이 섞여 있어서 자연히 다른 환자들의 고통도 함께 느끼며 지냈다. 갑작스레 인간의 각양각색의 힘든 시간을 공유하게 된 나는 나의 재활보다는 다른 환자들의 상황을 지켜보며 어쩌면 나에게도 일어날 수 있는 일이라는 생각에 빠져 점점 우울해져 갔다.

물론 같은 방을 쓰고 있는 환우들과 어울리며 재미있

는 시간도 보냈다. 가족이 맛있는 것을 사 가지고 오면 모두 나눠 먹기도 했다. 그러나 저녁 8시 30분경 각 침대마다 커튼이 쳐지고 일제히 소등을 하면 오직 커튼으로 둘러싸인 그 면적만이 나의 공간이 된다. 그때부터 나는 그 공간에서 나에게도 언젠가는 닥칠, 누구도 예견할 수 없는 마지막으로 가는 그 미지의 세계에 대해 온갖 상상을 하며 잠을 못 이루고 뒤척거렸다.

더군다나 그 당시, 젊은 날 나와 같은 길을 걸었던 나의 소중한 친구인 BJ가 죽음을 앞에 두고 너무도 힘든 상황에 처해 있었고, 사랑하는 언니가 약한 몸으로 힘겹게 투병 생활을 하고 있어서 그 두 사람에 대한 염려가 내 마음을 무겁게 짓누르고 있었다. 그래서 나는 육체적인 고통보다는 정신적으로 엄청난 부담을 떠안고 있는 상태였다.

평소와 같이 아침에 성경책을 펼친 순간 역시 나의 돌사진이 나를 반겼다. 그런데 아기가 쥐고 있는 연필이 평상시와 좀 다르게 느껴졌다. 조그만 손으로 연필을 꼭 쥐고 있는 모습에서 아기의 강한 의지가 내게 전해지며 이젠 그 연필을 깎아서 뭔가를 써보고 싶다는 나의 생각이 구체화되는 듯했다. 그와 동시에 내가 모리타니에서 돌아왔을 때, 내가 살았던 이야기를 재미있게 듣고 난 언니가 했던 말이 떠올랐다.

"나중에 최 서방 은퇴하면 그동안 경험했던 일을 한번 써봐. 재미있을 것 같아. 꼭 읽어보고 싶다."

한 달이 지나고 나는 퇴원했지만 매주 월요일에 만났던 BJ는 더 이상 볼 수 없었다. 나는 내가 아팠던 시간이 너무 아까워서 가슴이 쓰렸다. 고작 열일곱 번의 만남이 전부였다. 그러나 나는 다시 마음을 가다듬고 책 쓰기를 꼭 실행에 옮겨야겠다고 굳게 다짐했다.

남편에게 물었다.

"창작을 할 능력은 없고……. 우리가 일곱 나라를 살면서 있었던 일들을 한번 써보면 어떨까요?"

"할 수 있을 때, 쓸 수 있을 때, 기억할 수 있을 때……."

의외로 남편은 선선히 응원해 주었다.

1978년부터 시작된 나와 우리 가족의 삶이 그대로 녹아 있는 일곱 번의 해외 생활에 대해 써 내려가며, 나는 다시 나의 20대로, 30대로, 40대로, 50대로 되돌아갈 수 있었다. 한동안 침체되었던 마음에 다시 생기가 돌고 기쁨이 찾아왔다.

이미 겪은 이야기를 써 내려가는 것이지만 내 능력의 한계를 느꼈다. 이렇게 책을 쓰게 될 줄 알았더라면 간단한 메모라도 해둘걸 하는 후회와 아쉬움이 남는다. 녹슨 머리에서 꺼져가는 기억력을 붙들고 이제 와서 책을 써보겠다고 애쓰는 내가 한심하기도 했지만 한편으로는 기특하기도 했다.

비록 언니는 이 책을 읽어볼 수 없지만 40여 년 전의 그 권유를 잊지 않고 내가 이런 이야기책을 결국 써냈다는 것에 분명히 기뻐하실 것이다.

쓰다 보니 지난날 부끄럽고 후회스러운 일도 많았던 것 같다. 인간관계에서 잘못과 실수가 있었던 것을 깨달

왔다. 이 기회를 통해 나의 잘못된 언행으로 인해 상처 받은 분들께 사죄드리고 싶다.

또한 무엇보다 남편이 공관장으로 재직했던 6년 동안 인도에서 함께했던 윤 셰프, 인도와 독일에서 함께했던 한 셰프, 독일에서 함께했던 정 셰프 그리고 6년을 변함 없이 정직하고 성실했던 아제이에게 진심으로 고마움을 전하고 싶다. 그분들의 수고로 모든 관저 행사를 잘 치러낼 수 있었다.

마지막으로, 한 번밖에 없는 내 인생에서 나와 우리 가족을 따뜻이 품어주었던 덴마크, 모리타니, 싱가포르, 영국, 미국, 인도 그리고 독일, 내가 기억할 수 있는 날 까지 절대 잊지 않을 것이다.

내 사진과 언니의 권유가 책을 쓸 마음을 먹게 했지만 결국은 요양병원에서의 경험이 결정적인 동기가 된 셈 이다. 고난은 축복이고 역경 가운데 열매를 맺는다는 말 이 실감이 난다.

이 책을 출간함으로써 내가 꿈꿔왔던 삶의 아름다운 마무리를 향한 첫발을 내딛게 된 것이 기쁘다.

내가 두 발로 서서 처음 자의로 선택한 것은 연필이었다. 인생 최초의 선택. 그래서 그런지 무엇을 쓸 때는 항상 연필을 선호했고, 여행 가서 기념품을 살 때도 나의 발걸음은 자연스럽게 연필이 있는 쪽으로 향했다. 흰 종이에 '사각사각' 소리를 내며 써지는 회색의 글자들은 마치 내게 무언가를 속삭이는 듯했고 항상 정겨움과 따뜻함을 느끼게 했다.

생애 처음 써본 이 책 역시 원고지에 연필로 써 내려간 것이다. 이 작업은 편안하고 즐거웠다.

연필은 평생 내 옆에서 함께한 다정한 나의 친구이다. 아기 정화가 돌상에서 연필을 집었다는 것은 결코 우연이 아닌 극히 자연스러운 '원함'이었던 것 같다. 평생을 연필과 함께하고 싶다는 바람.

코펜하겐에서 베를린까지

—

초판 1쇄 2025년 6월 5일
지은이 윤정화
펴낸이 김영재
펴낸곳 책만드는집

—

주소 서울 마포구 양화로 3길 99 4층 (04022)

전화 3142 - 1585 · 6
팩스 336 - 8908
전자우편 chaekjip@naver.com
출판등록 1994년 1월 13일 제10 - 927호
ⓒ 윤정화, 2025

—

—

ISBN 978 - 89 - 7944 - 896 - 2 (03810)